살인자의 기억법

김영하

장편소설

복복서가

차례

내가 마지막으로 사람을 죽인 것은 벌써 이십오 년 전, 아니 이십육 년 전인가, 하여튼 그쯤의 일이다. 그때까지 나를 추동한 힘은 사람들이 흔히 생각하는 살인의 충동, 변태성욕 따위가 아니었다. 아쉬움이었다. 더 완벽한 쾌감이 가능하리라는 희망. 희생자를 묻을 때마다 나는 되뇌곤 했다.

다음엔 더 잘할 수 있을 거야.

내가 살인을 멈춘 것은 바로 그 희망이 사라졌기 때문이다.

*

일지를 썼다. 냉철한 복기, 뭐 그런 게 필요했던 것 같다. 뭘
잘못했는지, 그래서 어떤 기분이었는지를 적어놓아야 뼈아픈
실수를 반복하지 않으리라고 생각했다. 수험생들은 오답노트를
만든다. 나 역시 꼼꼼하게 내 살인의 모든 과정과 느낌을 기록했다.
쓸데없는 짓이었다.

문장을 만들기가 너무 힘들었다. 명문을 쓰겠다는 것도 아니고
단지 일지일 뿐인데, 그게 이렇게 어렵다니. 내가 느낀 희열과
안타까움을 온전히 표현할 수 없다는 것. 더러운 기분이었다. 내가
읽은 소설은 국어교과서에 실린 것이 거의 전부. 거기엔 내게
필요한 문장이 없었다. 그래서 시를 읽기 시작했다.

실수였다.

시를 가르치는 문화센터의 강사는 내 또래의 남자 시인이었다.
그는 첫 수업시간에 엄숙한 표정으로 이런 말을 해서 나를 웃겼다.
"시인은 숙련된 킬러처럼 언어를 포착하고 그것을 끝내 살해하는
존재입니다."

그때는 이미 수십 명의 사냥감을 '포착하고 그것을 끝내 살해'해
땅에 묻은 뒤였다. 그러나 내가 한 일이 시라고는 생각하지 않았다.
살인은 시라기보다 산문에 가깝다. 해보면, 누구나 알 수 있다.
살인은 생각보다 번다하고 구질구질한 작업이다.

어쨌거나 그 강사 덕분에 시에 흥미가 생긴 것은 사실이다. 나는

슬픔은 느낄 수 없도록 생겨먹었지만 유머에는 반응한다.

*

금강경을 읽는다.

"마땅히 머무는 바 없이 그 마음을 일으킬지니라."

*

나는 꽤 오래 시 강좌를 들었다. 강의가 실망스러우면 죽여버리려고 했지만 다행히 꽤나 흥미로웠다. 강사는 여러 번 나를 웃겼고 내가 쓴 시를 두 번이나 칭찬했다. 그래서 살려주었다. 그때부터 덤으로 사는 인생인 줄은 여태 모르고 있겠지? 얼마 전에 읽은 그의 근작 시집은 실망스러웠다. 그때 그냥 묻어버릴걸 그랬나.

나 같은 천재적인 살인자도 살인을 그만두는데 그 정도 재능으로 여태 시를 쓰고 있다니. 뻔뻔하다.

*

요즘 자꾸 넘어진다. 자전거를 타다가도 넘어지고 돌부리에 걸려
서도 넘어진다. 많은 것을 잊었다. 주전자를 세 개나 태워먹었다.
은희가 병원에 진료 예약을 잡았다고 전화를 걸어왔다. 내가
소리소리 지르며 화를 냈더니 은희는 한동안 잠자코 있다 이렇게
말했다.

"확실히 이상해. 정말 머리가 어떻게 된 게 분명해. 나 아빠가 화
내는 것 처음 봐요."

정말 내가 화를 낸 적이 없었나? 멍하니 있는 사이 은희가 먼저
전화를 끊었다. 못다 한 대화를 이어가려고 휴대폰을 쥐었지만
전화를 거는 방법이 갑자기 떠오르지 않았다. 통화 버튼을 먼저
누르는 건가? 아니면 번호 먼저 누르고 통화를 누르는 건가? 그런데
은희 번호가 뭐였지? 아니, 그것 말고 더 간단한 뭔가가 있었던 것
같은데.

답답했다. 짜증이 났다. 휴대폰을 집어던졌다.

*

나는 시가 뭔지 몰랐기 때문에 내 살인의 과정을 정직하게 썼다.
첫 시의 제목이 '칼과 뼈'였던가? 강사는 내 시어가 참신하다고
했다. 날것의 언어와 죽음의 상상력으로 생의 무상함을 예리하게
드러내고 있다고 했다. 그는 거듭하여 내 '메타포'를 고평했다.
"메타포라는 게 뭐요?"
강사는 씩 웃더니―그 웃음, 마음에 안 들었다―메타포에 대해
설명했다. 듣고 보니 메타포는 비유였다.

아하.

미안하지만 그것들은 비유가 아니었네, 이 사람아.

*

반야심경이 손에 잡힌다. 펼쳐 읽는다.

"그러므로 공空 가운데에는 물질도 없고 느낌과 생각과 의지작용과
의식도 없으며, 눈과 귀와 코와 혀와 몸과 뜻도 없으며, 형체와
소리, 냄새와 맛과 감촉과 의식의 대상도 없으며, 눈의 경계도
없고 의식의 경계까지도 없으며, 무명도 없고 또한 무명이 다함도
없으며, 늙고 죽음이 없고 또한 늙고 죽음이 다함까지도 없으며,
괴로움과 괴로움의 원인과 괴로움의 없어짐과 괴로움을 없애는
길도 없으며, 지혜도 없고 얻음도 없느니라."

*

"정말 시를 배운 적이 없으세요?" 강사가 물었다. "배워야 하는 겁니까?" 내가 반문하자, 그는 "아닙니다. 잘못 배우면 오히려 문장을 버립니다"라고 답했다. 나는 그에게 말했다. "아, 그렇군요. 다행입니다. 하긴 시 말고도 인생에는 남에게 배울 수 없는 것들이 몇 가지 있지요."

*

MRI를 찍었다. 하얀 관처럼 생긴 검사대에 몸을 뉘었다. 나는 빛 속으로 들어갔다. 일종의 임사체험 같다. 공중에 떠서 내 몸을 내려다보는 환상이 찾아왔다. 죽음이 곁에 와 서 있다. 알 수 있다. 나는 곧 죽을 것이다.

일주일 후에는 인지검사인가 뭔가도 했다. 의사는 묻고 나는 답했다. 문제는 쉬운데 답이 어려웠다. 수조에 손을 넣어 잡힐 듯 잡히지 않는 물고기를 건져내야 할 때의 기분이랄까. 지금 대통령이 누구인가. 올해는 몇 년도인가. 방금 전에 들은 단어 세 개를 말해보세요. 17 더하기 5는 몇인가. 답을 안다고 확신한다. 그런데 떠오르지는 않는다. 아는데 모른다? 세상에 어떻게 이런 일이 있는가.

검사를 마치고 의사를 만났다. 표정이 밝지 않았다.

"해마가 위축돼 있습니다."

의사는 뇌를 찍은 MRI 사진을 가리키며 말했다.

"알츠하이머가 분명합니다. 어느 단계인지는 아직 확실치 않습니다. 시간을 두고 살펴봐야 할 것 같습니다."

옆에 앉아 있던 은희는 입을 꾹 다문 채 아무 말도 없었다. 의사가 말했다.

"기억이 점차 사라질 겁니다. 단기 기억이나 최근 기억부터 없어질 겁니다. 진행을 늦출 수는 있지만 막을 수는 없습니다. 일단은 처방해드린 약 꼬박꼬박 챙겨 드세요. 그리고 뭐든지 기록하고 그 기록을 몸에 지니세요. 나중엔 집도 못 찾아가실 수 있습니다."

*

몽테뉴의 『수상록』. 누렇게 바랜 문고판을 다시 읽는다. 이런 구절,
늙어서 읽으니 새삼 좋다. "우리는 죽음에 대한 근심으로 삶을
엉망으로 만들고 삶에 대한 걱정 때문에 죽음을 망쳐버린다."

*

병원에서 돌아오는 길에 검문이 있었다. 경찰관이 은희와 내 얼굴을
보더니 알은체하며 그냥 가라고 했다. 조합장네 막내아들이었다.
"살인사건 때문에 검문중입니다. 하루이틀도 아니고 밤낮으로
죽을 맛입니다. 살인범이 나 잡아잡수 하고 이렇게 대낮에
돌아다니겠어요?"
우리 군과 인근 군에서 잇따라 여자 셋이 죽었다고 했다. 경찰은
연쇄살인이라 단정하고 있었다. 세 여자 모두 이십대였고 밤늦게
귀가하다가 당했다. 손목과 발목에 결박흔이 있었다. 알츠하이머
판정을 받은 직후에 세번째 희생자가 나왔으니 나로서는 이렇게
자문하는 것도 당연했다.
혹시 나였을까?
나는 벽에 걸린 달력을 들추며 여자들이 납치돼 사망한 것으로
추정된다는 날짜를 짚어보았다. 내게는 의심할 바 없는 알리바이가
있었다. 내가 아닌 것은 다행이지만 닥치는 대로 여자를 납치해
죽이는 놈이 내 구역에 나타난 것은 좋지 않다. 나는 은희에게 우리
주위를 배회하고 있을지도 모를 살인자에 대해 거듭 상기시켰다.
주의사항도 일러주었다. 절대로 밤늦게 혼자 다녀서는 안 된다.
남자 차에 타는 순간 끝장이다. 이어폰을 끼고 걷는 것은 위험하다.
"너무 걱정하지 마세요."
대문을 나서며 은희는 한마디 더 덧붙였다.

"살인이 뭐 누구 집 애 이름이에요?"

*

요즘 나는 뭐든지 기록한다. 낯선 곳에서 정신을 차리고 어리둥절해
있다가 목에 매단 이름표와 주소 덕분에 집으로 돌아올 때도 있다.
지난주에는 사람들이 나를 파출소에 데려다주었다. 경찰관이
웃으며 나를 반겼다.

"어르신, 또 오셨네요."

"날 아시오?"

"그럼요. 잘 알지요. 어르신보다 제가 어르신을 더 잘 알지요."

정말?

"따님이 곧 올 겁니다. 저희가 벌써 연락했습니다."

*

은희는 농대를 나와 지역의 연구소에서 일자리를 얻었다. 거기서
은희는 식물의 품종을 개량하는 일을 한다. 각기 다른 두 종의
식물을 접붙여 새로운 종을 만들어내기도 한다. 흰 가운을 입고
하루종일 연구소에서 살다시피 하는데, 가끔은 밤도 새운다.
식물들은 인간의 출퇴근 시간에는 관심이 없다. 가끔은 한밤중에
수정을 시켜줘야 하는 일도 있는 모양이다. 그것들은 염치없이,
맹렬하게 자란다.

사람들은 은희가 내 손녀라고 생각한다. 딸이라고 하면 놀란다.
그도 그럴 것이 나는 올해 칠십 줄에 들어섰지만 은희는 겨우
스물여덟이기 때문이다. 이 미스터리에 가장 관심이 많았던 사람은
역시 은희였다. 열여섯 살의 은희는 학교에서 피에 대해 배웠다.
나는 AB형인데 은희는 O형이다. 부모 자식 간에는 나올 수 없는
혈액형이다.

"내가 어떻게 아빠의 딸이에요?"

나는 가능하면 진실을 말하려고 노력하는 편이다.

"내가 입양을 했다."

은희와 멀어진 것은 아마 그때부터였을 것이다. 은희는 나를
어떻게 대해야 할지 몰라 당황한 것 같았고, 그렇게 벌어진 간격은
끝내 좁혀지지 않았다. 그날 이후로 은희와 나 사이에는 친밀감이
사라졌다.

카그라스증후군이라는 게 있다. 뇌의 친밀감을 관장하는 부위에 이상이 생길 때 발생하는 질병이다. 이 병에 걸리면 가까운 사람을 알아보기는 하지만 더이상 친밀감을 느낄 수가 없게 된다. 예컨대 남편은 갑자기 아내를 의심한다. "내 마누라 얼굴을 하고 꼭 내 마누라처럼 구는 당신은 도대체 누구야? 누가 시킨 거지?" 얼굴도 똑같고 하는 일도 똑같은데 아무래도 남처럼 느껴진다. 낯선 사람으로만 보인다. 결국 이 환자는 낯선 세계에 유배된 것과 같은 기분으로 살아갈 수밖에 없다. 비슷한 얼굴의 타인들이 모두 함께 자기를 속이고 있다고 믿는다.

그날 이후로 은희는 자신을 둘러싼 이 작은 세계, 나와 자신만으로 이루어진 가정을 낯설게 여기기 시작한 것 같았다. 그래도 우리는 같이 살았다.

*

바람이 불면 뒤꼍의 대숲이 요란해진다. 그에 따라 마음도
어지러워진다. 바람 거센 날이면 새들도 입을 다무는 듯하다.
대숲이 있는 임야를 사들인 것은 오래전의 일이다. 후회 없는
구매였다. 늘 나만의 숲을 갖고 싶었다. 아침이면 그곳으로
산책을 나선다. 대숲에서는 뛰면 안 된다. 자칫 넘어지기라도 하면
죽을 수도 있다. 대나무를 베어내면 밑동이 남는데, 그것이 매우
뾰족하고 단단하다. 대숲에서는 그래서 늘 아래를 살피며 걸어야
한다. 귀로는 사각거리는 댓잎소리를 들으며 마음으로는 그 아래
묻은 이들을 생각한다. 대나무가 되어 하늘을 향해 쑥쑥 자라나는
시체들을.

*

어린 은희는 물었다.

"그럼 제 친부모는 어디 계세요? 살아는 계세요?"

"다 죽었다. 내가 너를 고아원에서 데려왔다."

은희는 믿지 않으려 했다. 혼자 인터넷도 뒤지고 관공서도
찾아다니는 것 같더니 제 방에 틀어박혀 며칠을 울었다. 그리고
받아들였다.

"제 친부모와 원래 서로 알던 사이셨어요?"

"만난 적은 있지만 그렇게 가까운 사이는 아니었지."

"어떤 분들이셨어요? 좋은 분들이셨나요?"

"아주 좋은 사람들이었다. 마지막 순간까지 네 걱정을 했다."

*

두부를 굽는다. 아침에도 두부, 점심에도 두부, 저녁에도 두부를 먹는다. 팬에 기름을 두르고 두부를 올린다. 적당히 익으면 뒤집어 굽는다. 김치와 곁들여 먹는다. 아무리 치매가 심해져도 이건 혼자 해낼 수 있으리라. 두부구이 백반.

*

가벼운 접촉사고가 발단이었다. 삼거리였고 놈의 지프가 내 앞에
있었다. 요즘은 맹목이 일상이다. 알츠하이머 때문이겠지. 나는
순간적으로 정차해 있는 놈의 차를 보지 못하고 그대로 추돌하고
말았다. 사냥용으로 개조한 지프였다. 차 지붕에 서치라이트를 단
것도 모자라 범퍼 위에 안개등을 세 개나 더 매달았다. 이런 차들은
트렁크도 물청소가 가능하도록 개조한다. 배터리도 두 개쯤 더
달고. 사냥 시즌이 되면 이런 놈들이 마을의 뒷산으로 몰려든다.
나는 차에서 내려 지프로 다가갔다. 그는 내리지 않고 있었다.
창문도 닫혀 있었다. 나는 창문을 노크하듯 똑똑 두들겼다.
"이보시오, 좀 내려보시오."
그는 고개를 끄덕이며 그냥 가라고 손짓을 했다. 이상했다. 적어도
뒷범퍼는 한번 봐야 할 것 아닌가. 내가 꼼짝 않고 서 있자 결국
그가 내렸다. 삼십대 초반의 작지만 다부진 체격의 그는 건성으로
뒷범퍼를 살피더니 괜찮다고 했다. 괜찮지 않았다. 범퍼는 움푹
들어가 있었다.
"그냥 가세요, 어르신. 원래 찌그러져 있던 거예요. 괜찮습니다."
"그래도 혹시 모르니 연락처나 교환합시다. 나중에 괜히 뒷말
나오지 않게."
나는 내 연락처를 건넸다. 그는 받지 않으려 했다.
"필요 없습니다."

감정이 실리지 않은 저온의 음성이었다.

"이 동네 사시오?"

놈은 대답하지 않았다. 대신 처음으로 내 눈을 똑바로 쳐다봤다. 뱀의 눈이었다. 차갑고 냉혹했다. 나는 확신한다. 그때 우리 둘은 서로를 알아보았다.

그는 메모지에 이름과 연락처를 또박또박 적었다. 어린애 글씨 같았다. 이름은 박주태였다. 다시 한번 피해 정도를 살피기 위해 나는 지프 뒤로 돌아갔다. 그때 나는 보았다. 트렁크에서 점점이 떨어지는 핏방울을. 또한 나는 느꼈다. 뚝뚝 듣는 핏방울을 바라보는 나를 주시하는 그의 시선을.

사냥용 지프에서 핏물이 떨어지면 사람들은 죽은 노루라도 실려 있을 거라고 생각한다. 나는 그 안에 시체가 있다고 가정하고 시작한다. 그쪽이 안전하다.

*

누구였더라? 스페인, 아니 아르헨티나 작가였나. 이젠 작가 이름
따윈 잘 기억나지 않는다. 하여간 누군가의 소설에 이런 얘기가
나온다. 노작가가 강변을 산책하다가 한 젊은이를 만나 벤치에서
이야기를 나눈다. 나중에야 깨닫는다. 강변에서 만난 그 젊은이는
바로 자신이었음을. 만약 젊었을 때의 나를 그렇게 만나게 된다면
알아볼 수 있을까?

*

은희 엄마가 내 마지막 제물이었다. 그녀를 땅에 묻고 돌아오던
길에 차가 나무를 들이받고 전복됐다. 경찰은 내가 과속을 하다
커브길에서 중심을 잃었다고 말했다. 두 번의 뇌수술을 받았다.
처음에는 약 기운 탓이라 생각했다. 병실에 누워 있는데, 마음이
한없이 평안하여 기이했다. 전에는 사람들이 떠드는 소리만 들어도
참을 수 없을 정도로 짜증을 느꼈었다. 음식을 주문하는 소리,
애들이 웃는 소리, 여자들이 조잘대는 소리. 다 싫었다. 그런데
갑자기 찾아온 평화. 끝없이 들끓기만 하던 마음이 정상인 줄만
알았다. 아니었다. 갑자기 귀가 멀어버린 사람처럼 나는 마음에
찾아온 이 돌연한 정적과 평온에 익숙해져야만 했다. 사고 때의
충격 때문이든 의사의 메스질 때문이든 내 뇌에서 뭔가가 일어났던
것이다.

*

단어들이 점점 사라진다. 내 머리는 해삼처럼 변해간다. 구멍이
뚫린다. 미끌거린다. 모든 것이 빠져나간다. 아침이면 신문을
처음부터 끝까지 다 읽는다. 다 읽고 나면 읽은 것보다 더 많은 것을
잊어버린 것 같은 기분이 든다. 그래도 읽는다. 문장을 읽을 때마다
필수적인 부품이 몇 개 부족한 기계를 억지로 조립하는 기분이다.

*

나는 오랫동안 은희 엄마를 노렸다. 그녀는 내가 다니던
문화센터에서 사무를 보고 있었다. 종아리가 예뻤다. 시와
문장 때문인지 마음이 나약해지는 것만 같았다. 반성과 반추도
충동을 억누르는 것 같았다. 나는 나약해지고 싶지도, 내 안에
들끓는 충동을 억누르고 싶지도 않았다. 어둡고 깊은 동굴로
떠밀려들어가는 기분이었다. 그래서 나는 아직도 내가 알던
나인지를 알아보고 싶어졌다. 눈을 뜨니 바로 눈앞에 은희 엄마가
있었다―우연은 불운의 시작일 때가 많지.

그래서 죽였다.
그런데 힘이 많이 들었다.
실망스러웠다.

아무 쾌감 없는 살인. 그때 이미 나에게 뭔가가 일어나고 있었던
건지도 모른다. 두 번의 뇌수술은 그것을 돌이킬 수 없게 만들었을 뿐.

*

아침에 신문에서 연쇄살인이 또 일어나 지역사회가 충격에
빠졌다는 기사를 보았다. 언제 연쇄살인이 있었다는 거지? 이상해서
노트를 뒤져보니 이전에 발생한 세 건의 살인사건을 정리해놓은
기록이 있었다. 요즘 들어 더 자주 깜빡깜빡한다. 적어놓지 않은
것은 모래처럼 손가락 사이로 빠져나가버린다. 나는 네번째 살인의
보도 내용을 노트에 적었다.

스물다섯 살의 여성이 농로에서 죽은 채로 발견되었다. 팔과 다리에
묶인 흔적이 있었고 옷은 입고 있지 않았다. 이번에도 납치해서
죽인 후 시체만 농로에 유기한 것이다.

*

박주태라는 놈으로부터는 연락이 오지 않았다. 그런데 몇 번이나
내 눈에 띄었다. 우연이라기엔 너무 잦다. 보고도 못 알아본 적도
있었을 것이다. 놈은 늑대처럼 내 집 주변을 맴돌며 내 동정을
감시하고 있다. 말을 걸기 위해 다가가면 놈은 어느새 모습을
감추곤 한다.

*

놈은 혹시 은희를 노리고 있는 것일까.

*

죽인 사람보다 참고 살려둔 사람이 더 많다. "지 하고 싶은 대로 다 하고 사는 사람이 세상에 어딨나." 아버지가 입버릇처럼 하던 말이다. 동의한다.

＊

아침에 은희를 알아보지 못했던 모양이다. 지금은 알아본다.
다행이다. 의사 말로는 은희도 곧 기억에서 사라질 거라고 했다.
"아이 때 모습만 남을 거니까요."
누군지도 모르는 존재를 지킬 수는 없다. 나는 은희의 사진으로
펜던트를 만들어 목에 걸었다.
"아무리 그러셔도 소용없을 겁니다. 가까운 기억부터
사라지거든요."
의사가 말했다.

*

"제발 우리 딸만은 살려주세요."

은희 엄마는 울며 사정했었다.

"알았어. 그건 걱정하지 마."

지금까지는 약속을 지켰다. 나는 빈말을 일삼는 놈들을 싫어했다. 그래서 그런 사람이 되지 않으려 노력해왔다. 지금부터가 문제다. 잊지 않기 위해 여기 다시 쓴다. 은희가 죽도록 내버려두어서는 안 된다.

*

문화센터에 다닐 때, 강사가 미당의 시를 가지고 수업을 했다. 「신부」라는 시였다. 첫날밤 뒷간에 가는 신랑의 옷이 문고리에 걸렸는데, 신랑은 신부가 음탕해서 그러는 줄 알고 달아났다가 사십 년인가 오십 년 후에 우연히 그곳을 지나다 들러보니, 신부가 첫날밤 모습 그대로 앉아 있더라는, 그래서 툭 건드렸더니 재가 되어 폭삭 내려앉았더라는 얘기. 강사부터 수강생들까지 정말 아름다운 시라며 난리를 피웠었다.

나는 그 시를, 첫날밤에 신부를 살해하고 도주한 신랑 이야기로 읽었다. 젊은 남자와 젊은 여자, 그리고 시체. 그걸 어떻게 달리 읽겠는가?

*

나의 이름은 김병수. 올해 일흔이 되었다.

*

죽음은 두렵지 않다. 망각도 막을 수 없다. 모든 것을 잊어버린 나는 지금의 내가 아닐 것이다. 지금의 나를 기억하지 못한다면 내세가 있다 한들 그게 어떻게 나일 수 있으랴. 그러므로 상관하지 않는다. 요즘 내가 마음에 두는 것은 딱 하나뿐이다. 은희가 살해되는 것을 막아야 한다. 내 모든 기억이 사라지기 전에.

이 생의 업, 그리고 연.

*

내 집은 산기슭에, 길로부터 약간 돌아앉은 듯이 자리를 잡고
있어서 산으로 올라가는 사람들의 눈에는 잘 띄지 않는다.
내려오는 이들은 올라가는 이들보다는 쉽게 발견한다. 위에 큰
절이 하나 있어서 어떤 이들은 암자나 요사채로 오인하기도 한다.
백 미터쯤 아래로 내려가면 드문드문 인가가 나타난다. 동네
사람들이 살구나무집이라 부르는 집에 치매 부부가 살았었다.
처음에는 남편이 치매였는데 아내도 얼마 지나지 않아 같은
판정을 받았다. 남들이 보기엔 어떨지 몰라도 부부는 잘 지냈다.
길에서 마주치면 늘 두 손을 모아 공손히 인사를 하곤 했었다. 나를
누구라고 생각했던 걸까? 그들의 시계는 처음에는 1990년대쯤으로
되돌아갔지만 말년에는 1970년대까지 거슬러올라갔다. 말
한마디 잘못하면 잡혀가 경을 치던 시대로, 긴급조치와 막걸리
보안법의 시대로 말이다. 그러니 낯선 사람을 만나면 늘 경계하고
조심했다. 그들에게는 마을 사람 모두가 낯선 사람이었고, 늘 왜
이렇게 낯선 사람들이 자기들 집 주변에 끊임없이 출몰하는지를
이상하게 여겼다. 그러다 결국은 부부가 서로를 못 알아보는 지경이
되었다. 그쯤에야 아들이 나타나 노부부를 요양원으로 모셨다.
집 앞을 지나다 우연히 그 광경을 보게 되었는데, 부부는 무릎을
꿇고 아들에게 제발 살려달라고, 우리는 절대 빨갱이가 아니라고
애원하고 있었다. 양복을 입고 나타나 자기들을 데려가는 아들을

중앙정보부 요원쯤으로 생각하는 듯했다. 서로를 못 알아보던 부부가 그때는 한뜻이 되어 살려달라고 빌었다. 화를 내다가 울다가를 반복하는 아들을 대신해 마을 사람들이 노부부를 차에 밀어 태웠다.

그들이 나의 미래였다.

*

은희는 나더러 자꾸 '왜'라고 묻는다. 왜 그러느냐, 왜 기억을
못 하느냐, 왜 노력을 안 하느냐. 은희 눈으로 볼 때 나는 이상한
것투성이인 모양이다. 때로는 내가 일부러 자기를 골탕먹이기 위해
그런다고 생각하는 것 같다. 내가 저를 어떻게 대하는지 보려고
일부러 아는 것도 모르는 척하는 것 같단다. 그러는 내가 너무
태연하단다.
은희가 방문을 걸어잠그고 훌쩍이는 것을 안다. 어제는 친구와
통화하는 것을 들었다. 미치겠다고 했다.
"같은 사람이 아니야."
은희는 친구에게 말했다. 오늘이 다르고 내일이 다르다고 했다.
조금 전이 다르고 방금이 다르고 잠시 후가 다르다고 했다. 한
얘기를 또 하고 또 한다고 했다. 어떨 때는 조금 전의 일도 기억하지
못하는 명백한 치매 같다가도, 어떨 때는 너무너무 멀쩡한 사람처럼
보인다고 했다.
"내가 알던 아빠가 아니야. 너무 힘들어."

*

아버지가 나의 창세기다. 술만 마시면 어머니와 영숙이를 두들겨
패는 아버지를 내가 베개로 눌러 죽였다. 그러는 동안 어머니는
아버지의 몸을, 영숙이는 다리를 누르고 있었다. 영숙이 나이
고작 열셋이었다. 옆구리가 터진 베개에서 왕겨가 쏟아져나왔다.
영숙이는 그걸 쓸어담고 엄마는 멍한 얼굴로 베개를 꿰맸다. 내
나이 열여섯 살의 일이었다. 6 · 25 직후에는 죽음이 흔했다. 자기
집에서 자다가 죽은 남자에게 아무도 관심이 없었다. 순경 한 명
와보지 않았다. 바로 마당에 천막을 치고 조문객을 받았다.
나는 열다섯 살에 쌀가마를 졌다. 고향에선 사내가 쌀가마를
질 수 있는 나이가 되면 아버지라도 손을 못 댔다. 어머니와
여동생은 아버지에게 계속 맞았다. 어머니와 여동생의 옷을 모두
벗겨 엄동설한에 내쫓기도 했다. 죽이는 게 최선이었다. 다만
후회가 되는 것은, 혼자 할 수도 있었던 일에 어머니와 여동생을
연루시켰던 것뿐이다.

*

전쟁에서 살아남은 아버지는 늘 악몽을 꿨다. 잠꼬대도 심했다.
죽는 순간에도 아마 나쁜 꿈을 꾸고 있다고 생각했을 것이다.

*

"쓰인 모든 글들 가운데서 나는 피로 쓴 것만을 사랑한다. 피로
써라. 그러면 너는 피가 곧 정신이라는 것을 경험하게 되리라.
타인의 피를 이해한다는 건 쉬운 일이 아니다. 나는 책 읽는
게으름뱅이들을 증오한다."
니체의 『차라투스트라는 이렇게 말했다』에 나오는 말이다.

*

열여섯 살에 시작해서 마흔다섯까지 계속했다. 4·19와 5·16을
겪었다. 박정희가 시월유신을 선포하고 종신독재를 꿈꿨다.
육영수가 총에 맞아 죽었다. 지미 카터가 와서 박정희더러 독재 좀
그만하라고 하고는 팬티만 입고 조깅을 했다. 박정희도 암살당했다.
김대중이 일본에서 납치되었다가 구사일생으로 살아나고,
김영삼은 국회에서 제명됐다. 계엄군이 광주를 포위하고 사람들을
때려죽이고 총으로 쏴 죽였다.

그러나 나는 오직 살인만 생각했다. 이 세상과 혼자만의 전쟁을
벌이고 있었다. 죽이고, 달아나서, 숨었다. 다시 죽이고, 달아나서,
숨었다. 그때는 DNA 검사도, 폐쇄회로 TV도 없던 시절이었다.
연쇄살인이라는 용어조차 생경했다. 수십 명의 거동수상자와
정신병자가 용의자로 지목돼 경찰서에 끌려가 고문을 당했다.
몇몇은 허위 자백까지 했다. 경찰서들끼리는 서로 협조를 하지
않아 다른 지역에서 사건이 벌어지면 별개의 사건이라고 생각했다.
경찰 수천 명이 작대기를 들고 애먼 야산만 쑤시고 다녔다. 그게
수사였다.

좋은 시절이었다.

*

마지막으로 살인을 하던 해에 나는 마흔다섯이었다. 문득 짚어보니 베개에 숨이 막혀 죽던 때의 아버지 나이, 마흔다섯이었네. 이상한 우연이다. 이것도 적어둔다.

*

나는 악마인가, 아니면 초인인가, 혹은 그 둘 다인가.

*

칠십 년의 인생. 돌아보면 입을 벌린 검은 동굴 앞에 선 기분이다.
다가올 죽음을 생각할 때는 별 느낌이 없는데 과거를 돌아보면
마음이 어둡고 막막하다. 내 마음은 사막이었다. 아무것도 자라지
않았다. 습기라곤 없었다. 타인을 이해하기 위해 노력했던 어린
날도 있었다. 내겐 너무 어려운 과제였다. 나는 늘 사람들의 눈을
피했다. 그들은 나를 소심하고 얌전한 사람으로 생각했다.
거울을 보며 표정을 연습했다. 슬픈 표정, 밝은 표정, 걱정하는 표정,
낙담하는 표정. 그러다 간단한 요령을 익혔다. 내 앞에 있는 사람의
표정을 그대로 흉내내는 것이다. 남이 찡그릴 때 찡그렸고 남이
웃을 때 웃었다.
옛사람들은 거울 속에 악마가 살고 있다고 믿었다지. 그들이
거울에서 보던 악마, 그게 바로 나일 것이다.

*

문득 누이가 보고 싶다. 은희가 듣더니 오래전에 죽었다고 한다.

"어떻게 죽었니?"

"악성빈혈로 고생하시다가 돌아가셨잖아요."

듣고 보니 그랬던 것 같기도 하다.

*

나는 수의사였다. 살인자로 살기에 좋은 직업이다. 강력한 마취제를 마음껏 쓸 수 있다. 코끼리도 바로 무릎을 꿇릴 수 있다. 시골의 수의사는 출장이 잦다. 대도시의 동료들이 병원에 앉아 애완견과 고양이를 돌보는 시간에 시골의 수의사는 돌아다니며 소와 돼지, 닭 같은 가축들을 돌본다. 옛날엔 말도 간혹 있었다. 닭을 제외하면 모두 포유류다. 인간과 몸의 구조가 크게 다르지 않다.

*

또 엉뚱한 곳에서 정신을 차렸다. 처음 와보는 동네다. 자꾸만
어디론가 가려는 나를 제지하기 위해 동네 청년들이 점방에 모여
나를 에워싸고 있었다. 내가 겁을 집어먹고 난동도 부렸다고 한다.
경찰관이 와서 무전을 쳐보더니 나를 경찰차에 태웠다. 자꾸만
기억을 잃고 어딘가를 헤매다 동네 사람들에게 에워싸인 상태에서
경찰에게 붙들린다.
반복된다: 군중, 포위 그리고 경찰에 의한 연행.
치매는 늙은 연쇄살인범에게 인생이 보내는 짓궂은 농담이다, 아니
몰래카메라다. 깜짝 놀랐지? 미안. 그냥 장난이었어.

*

하루에 한 편씩 시를 외우기로 했다. 해보니 쉽지 않다.

*

요즘 시인들 시는 잘 모르겠다. 너무 어렵다. 그래도 이런 구절은
좋다. 적어둔다.
"내 고통은 자막이 없다 읽히지 않는다_김경주, 「비정성시非情聖市」"
같은 시 중에서 또 한 구절.
"내가 살았던 시간은 아무도 맛본 적 없는 밀주密酒였다/나는 그
시간의 이름으로 쉽게 취했다".

*

시내에 나가 장을 보는데 은희가 일하는 연구소 앞에 낯익은 놈
하나가 서성거리고 있었다. 누군지 전혀 기억이 나지 않았다.
집으로 돌아오다가 마주 지나가는 지프를 보고서야 깨달았다.
그놈이다. 나는 수첩을 꺼내 이름을 확인했다. 박주태였다. 놈이
은희 근처에 와 있다.

*

다시 운동을 시작했다. 주로 상체를 단련하고 있다. 치매의 진행을
늦추는 데 운동도 도움이 된다고 의사가 말했지만 그래서 하는 것은
아니다. 은희 때문이다. 찰나의 대결에서 목숨을 좌우하는 것은
상체의 근력이다. 잡고 누르고 조인다. 포유류는 호흡기가 있는
목이 약점이다. 산소가 뇌로 공급되지 않으면 몇 분 안에 목숨을
잃거나 뇌가 망가진다.

*

문화센터에서 만난 사람이 내 시가 좋다며 자기가 내는 문예지에 실어주겠다고 했다. 삼십 년도 더 된 일이다. 그러라고 했더니 얼마 후 전화가 왔다. 책이 나왔다며 어디로 보내줄까 묻는다. 그러고는 자기 계좌번호를 불러준다. 돈을 내고 사는 거냐니까 다들 그렇게 한다고 했다. 그런 것은 싫다고 했더니 이미 책을 다 찍었는데 이제 와서 이러면 곤란하다고 우는소리를 했다. 곤란이라는 말의 뜻을 너무 쉽게 생각하는 것 같아 교정해주고 싶은 강한 욕망을 느꼈다. 하지만 애초에 이 일을 초래한 것이 내 자신의 속물적 욕망이었으니 놈만 탓할 일은 아니었다. 며칠 후 내 시가 실린 지방 문예지 200부가 집으로 배달돼왔다. 등단을 축하한다는 카드도 동봉돼 있었다. 한 부만 남기고 199부는 땔감으로 썼다. 잘 탔다. 시로 데운 구들이 따뜻했다.

어쨌든 나는 그뒤로 시인으로 불렸다. 아무도 읽지 않는 시를 쓰는 마음과 누구에게도 말할 수 없는 살인을 저지르는 마음이 다르지 않다.

*

은희를 기다리느라 툇마루에 앉아 먼 산으로 떨어지는 석양을
보았다. 뼈만 남은 겨울산이 핏빛으로 물드는가 싶더니 금세
칙칙해진다. 저런 게 좋아지다니 죽을 때가 된 건가. 지금 보고 있는
것도 곧 잊어버리겠지.

*

선사시대 인류의 유골을 조사해보면 태반이 살해당한 것이라
한다. 두개골에 구멍이 뚫려 있거나 뼈가 예리한 것으로 잘려 있는
경우가 많다고 한다. 자연사는 드물었다. 치매는 거의 없었을
것이다. 그때까지 살아남기도 어려웠을 테지. 나는 선사시대에 속한
인간인데 엉뚱한 세상에 떨어져, 거기에서 너무 오래 살았다. 그
벌로 치매에 걸린 것이다.

*

은희는 한때 왕따를 당했다. 엄마도 없고 아비는 늙었으니 애들이
따돌렸다. 엄마 없이 크면 어떻게 여자가 되는지를 모른다. 그런
모자람을 귀신같이 알아채고 여자애들이 괴롭혔다. 하루는 은희가
상담선생을 찾아가 짝사랑을 상담했다. 좋아하는 남자애가 있었던
것. 그런데 다음날부터 은희가 남자를 밝힌다는 소문이 학교에
퍼졌다. 걸레라고 흉보았다. 나는 그 모든 것을 은희의 일기장에서
읽었다. 막막했다.

연쇄살인범도 해결할 수 없는 일: 여중생의 왕따.

그애가 어떻게 거기에서 빠져나왔는지 모르겠다. 지금은 잘 살고
있으니, 그러면 된 건가.

*

요즘 꿈에 아버지가 자꾸 나온다. 방문을 열고 들어가면
앉은뱅이책상에 앉아 뭔가를 읽고 있다. 내 시집이다. 아버지는
입에 왕겨를 가득 머금은 채 나를 보며 웃고 있다.

*

내 기억이 맞다면 나는 두 번 살림을 차렸다. 첫번째 여자는 아들을
낳아주었는데 어느 날 둘이 함께 종적을 감췄다. 아들놈까지
데리고 달아난 걸 보면 뭔가를 봤을지도 모른다. 굳이 찾으려면 못
찾았을까마는 내버려두었다. 경찰에 신고할 만한 여자는 아니었다.
두번째 여자와는 혼인신고도 했다. 오 년을 살았는데 나를 도저히
못 견디겠다며 이혼하자고 했다. 그런 말을 한 걸 보면 내가
어떤 사람인지 짐작도 못 했던 게 분명했다. 내가 어디가 어때서
그러냐고 묻자 감정이 없는 인간이라고 했다. 차가운 바위하고 사는
기분이라고. 그러면서 외간 남자를 만나고 있었다.
여자들의 표정은 풀기 어려운 암호와 같았다. 아무것도 아닌 일로
법석들을 피우는 것처럼 보였다. 울면 짜증이 났고 웃으면 화가
났다. 시시콜콜 얘기를 늘어놓을 때는 참기 힘들 정도로 지루했다.
죽이고 싶을 때도 있었지만 꾹 참았다. 아내가 죽으면 남편은
언제나 첫번째 용의자가 된다. 아내와 바람을 피운 놈은 이 년 후에
찾아가 죽인 후 시체는 토막내 돼지우리에 던졌다. 그땐 기억력이
지금 같지 않았다. 잊지 말아야 할 일은 결코 잊지 않았다.

*

우리 지역의 연쇄살인 때문에 요즘 TV에 범죄 전문가들이 많이
나온다. 프로파일러인가 뭔가로 활동하고 있다는 인사가 이런 말을
했다.

"연쇄살인은 한번 시작하면 멈출 수가 없습니다. 더욱더 강한
자극을 원하게 되고 다음 희생자를 집요하게 찾게 됩니다. 중독성이
강해서 감옥에 들어가서까지도 그 생각만 합니다. 다시는 살인을
할 수 없다는 절망감이 들면 자살까지 시도합니다. 그 정도로 강한
충동입니다."

세상의 모든 전문가는 내가 모르는 분야에 대해 말할 때까지만
전문가로 보인다.

*

요즘 은희의 귀가 시간이 늦다. 언제 들은 얘기인지는 기억나지
않지만 요즘 은희네 연구소에서는 열대과일이나 채소를 우리나라
토양에 맞게 개량하는 연구를 진행중이라고 한다. 파파야나
망고 같은 것을 온실 속에서 기르는 것이다. 필리핀에서 시집온
여자들이 마을마다 많은데, 그 여자들이 파파야 같은 과일을 너무
그리워한다는 것이다. 그래서 몇몇 필리핀 여자들이 연구소에 들러
같이 작물을 살피기도 하고 열매를 따가기도 한다고 들었다.
사람들과 잘 지내지 못하던 은희는 조용히 자라는 식물들에 마음을
붙였다.
"식물들도 서로 신호를 주고받아요. 위험에 처하면 특정한
화학물질을 분비해서 다른 식물들에게 경고를 해요."
"독을 뿜는 게로구나."
"제아무리 미물이라도 다 살아남는 수가 있지요."

*

옆집 개가 자꾸 우리집을 들락거린다. 마당에 똥도 싸고 오줌도
지린다. 나를 보면 짖어댄다. 여기는 내 집이다, 이 똥개새끼야.
개는 돌멩이를 던져도 달아나지 않고 주위를 맴돈다. 퇴근한 은희가
그 개는 우리 개라고 한다. 거짓말이다. 은희가 왜 내게 거짓말을
할까.

*

삼십 년 동안 꾸준히 사람을 죽였다. 그땐 정말 열심히 살았다.
공소시효는 다 지났다. 나가서 떠들어도 된다. 미국 같으면
회고록을 출판할 수도 있을 것이다. 사람들이 욕하겠지. 하려면
하라지. 살면 얼마나 산다고. 생각해보면 나도 독한 놈이다.
그렇게 오래하던 살인을 딱 끊었다. 어떤 기분이냐면, 글쎄, 배를
팔아버린 뱃놈 혹은 퇴역한 용병 같은 기분이다. 모르긴 해도
6 · 25나 월남전에서 나보다 더 많은 사람을 죽인 놈들도 있을
것이다. 그놈들이 다 밤잠을 설치고 있을까? 아닐 거다. 죄책감은
본질적으로 약한 감정이다. 공포나 분노, 질투 같은 게 강한
감정이다. 공포와 분노 속에서는 잠이 안 온다. 죄책감 때문에 잠 못
이루는 인물이 나오는 영화나 드라마를 보면 나는 웃는다. 인생도
모르는 작자들이 어디서 약을 팔고 있나.
살인을 그만두고 볼링을 시작했었다. 볼링공은 둥글고 단단하고
무겁다. 그걸 만지는 기분이 좋았다. 아침부터 밤까지, 다리에 힘이
풀려 걸을 수 없을 때까지 혼자서 쳤다. 주인이 내가 있는 레인만
빼고 불을 끄면 마지막 게임이라는 신호였다. 볼링은 중독성이
있다. 매번 다음 게임엔 어쩐지 조금 더 잘할 수 있을 것 같은 기분이
든다. 방금 전에 놓쳤던 스페어도 잡을 수 있을 것 같고 점수도 더
높일 수 있을 것만 같다. 하지만 결국 점수는 평균으로 수렴한다.

*

벽 하나가 메모지로 덮였다. 붙이면 붙는 색색의 메모지들인데
어디에서 났는지는 모르겠지만 집 안에 흔하다. 은희가 내 기억력에
도움이 되라고 사다주는 것인지도 모르겠다. 이런 메모지를 부르는
이름이 있는 것 같은데 잘 기억이 안 난다. 북쪽 벽 하나가 메모지로
가득차더니 이제는 서쪽 벽도 덕지덕지다. 그런데 별 소용이 없다.
의미를 모르는 메모지, 왜 붙였는지를 모르는 메모지가 대부분이다.
'은희에게 반드시 말할 것' 같은 메모가 그렇다. 뭘 말하려던 것일까.
개개의 메모지들은 마치 우주의 별들처럼 멀리 떨어져 있는 것만
같다. 그들 사이에 아무 연관이 없어 보인다. 저기, 의사가 써준 말도
적혀 있다.

"기차 레일이 끊어지는데도 그걸 모르고 화물차가 계속 달려온다고
생각해보세요. 어떻게 되겠습니까? 레일이 끊어진 지점에 기차와
화물이 계속 쌓이겠죠? 난장판이 되겠죠? 어르신 머릿속에서
진행되고 있는 일입니다."

*

시 강좌에서 만났던 늙은 여자가 기억난다. 자기가 왕년에 연애―이
부분을 아주 힘주어 말했다―를 많이 했었다고 내게 속삭였다.
후회하지 않아요. 늙으면 다 추억이니까. 심심할 때마다 옛날에
같이 잤던 남자들을 한 사람씩 생각해요.
나는 요즘 그 늙은 여자처럼 살고 있다. 내 손에 죽은 사람들을
하나하나 추억하는 것이다. 그러고 보니 그런 영화도 있었네.
살인의 추억.

*

나는 좀비가 진짜 있다고 믿는다. 지금 눈에 안 보인다고
존재하지도 않는다는 법은 없다. 좀비 영화를 자주 본다. 방에
도끼를 둔 적이 있다. 은희가 왜 도끼를 방에 두느냐고 묻기에 좀비
때문이라고 말했다. 시체에는 도끼가 최고다.

*

살해당하는 것이 가장 나쁘다. 그런 일만은 당해서는 안 된다.

*

머리맡 반짇고리에 주사기를 숨겨두었다. 치사량의
펜토바르비탈나트륨도 준비해놓았다. 소, 돼지를 안락사시킬 때
쓰는 약이다. 벽에 똥칠할 지경이 되면 사용할 생각이다. 너무
늦어서는 안 될 것이다.

*

두렵다. 솔직히 좀 두렵다.
경을 읽자.

*

머리가 복잡하다. 기억을 잃어가면서 마음은 정처를 잃는다.

*

프랜시스 톰프슨이라는 자가 이런 말을 했다. "우리는 모두 타인의 고통 속에서 태어나 자신의 고통 속에서 죽어간다." 나를 낳은 어머니, 당신 아들이 곧 죽어요. 뇌에 구멍이 숭숭 뚫려서. 혹시 나는 인간 광우병이 아닐까? 병원에서 숨기고 있는 걸까?

*

오랜만에 은희와 시내에 나가 중국음식을 먹었다. 레몬소스를 뿌린
치킨과 유산슬을 시켰는데 도무지 무슨 맛인지 알 수가 없었다.
미각마저 잃게 되는 건가. 은희의 직장생활에 대해서 물었지만
은희는 언제나 그렇듯이 달다 쓰다 이렇다 할말 없이 들어넘겼다.
은희는 마치 세상의 모든 일이 자기에게 아무 영향도 끼치지
않는다는 듯이 말하고 행동한다. 네, 제가 거기에 있기는 하지요.
그리고 거기도 사람 사는 곳이라 날마다 어떤 일들이 일어나지요.
하지만 그것들은 저하고는 아무 상관 없고 저에게 별 영향을 주지
못해요, 라고 말하는 것 같다.

은희와 나는 화제가 별로 없다. 나는 은희의 생활을 모르고 은희는
내가 누구인지 모른다. 그런데 요즘은 공통의 화제가 하나 생겼다.
내 치매다. 은희는 두려워하고 있다. 두려워서 자꾸 그 화제를 입에
올린다. 내 치매가 심해지고, 그런데도 오래도록 죽지는 않으면,
은희는 직장도 그만두고 나를 돌보아야 할지도 모른다. 고립된
시골의 외딴집에서 치매에 걸린 늙은 아비의 병 수발이나 하고 싶은
젊은 여자가 어디 있으랴. 치매는 퇴행성이니 더 나아질 가망은
없다. 그러니 빨리 죽는 게 모두에게 좋은 일. 게다가 은희야,
내가 죽으면 좋은 일이 하나 더 있다. 내가 죽으면 너는 내 앞으로
들어놓은 생명보험의 수혜자가 된다. 아직 너는 모르고 있을
테지만.

십 년도 더 된 일이다. 연락을 받고 집으로 온 보험설계사는 의외로 높은 가입액에 조금 놀란 눈치였다. 사십대 중반으로 보이는 여자였는데 경험이 별로 없는 것 같았다. 오랫동안 애 키우고 살림하다가 뒤늦게 보험일을 하게 되었을 것이다.

"따님 앞으로 다 하실 거예요?"

"다른 가족은 없소. 여동생이 하나 있었는데 일찍 죽었지."

"따님도 생각하셔야지만 본인 노후도 대비를 하셔야죠."

"내 노후는 대비가 다 되어 있소."

"요즘 평균수명이 옛날보다 훨씬 길어졌잖아요. '너무 오래 사는 위험'에도 대비를 해두셔야 해요."

'너무 오래 사는 위험'이라. 요즘 사람들은 재밌는 말을 참 잘도 만들어낸다. 나는 아무 말 없이 보험설계사의 얼굴을 빤히 바라보았다. '너무 오래 사는 위험'을 백 퍼센트 줄여주는 일을 나는 알지요. 내 눈길에서 어떤 위협의 기미를 감지했는지 여자는 약간 움츠렸다.

"뭐, 고객님 좋으실 대로 하세요. 그래도 대비는 하셔야 되는데……"

여자는 내가 서명해야 할 서류들을 서둘러 펼치기 시작했다. 나는 서명하고 또 서명했다. 내가 죽으면 보험사는 은희에게 거액을 지급해야 한다. 그런데 만약 은희가 나보다 먼저 죽으면? 은희가 누군가에게 끌려가 살해당한다는 상상은 괴롭다. 그게 어떤 건지 누구보다 내가 잘 알기 때문이다.

*

나는 살아오면서 남에게 험한 욕을 한 일이 없다. 술도 안 마시고
담배도 안 피우고 욕도 안 하니 자꾸 예수 믿느냐고 묻는다. 인간을
틀 몇 개로 재단하면서 평생을 사는 바보들이 있다. 편리하기는
하겠지만 좀 위험하다. 자신들의 그 앙상한 틀에 들어가지 않는 나
같은 인간은 가늠조차 못 할 테니까.

*

아침에 눈을 떴다. 낯선 곳이었다. 벌떡 일어나 바지만 꿰어입고
밖으로 뛰쳐나갔다. 처음 보는 개가 짖어댔다. 신발을 찾으려
허둥대다가 부엌에서 나오는 은희를 보았다. 우리집이었다.
다행이다. 아직 은희는 기억에 남아 있다.

*

오 년 전쯤의 일이다. 동네 노인들과 일본 온천관광을 갔다. 간사이
국제공항 입국대에서 심사관이 내게 질문했다.

"What do you do?"

무슨 장난기가 동했는지 나는, killing people, 이라고 답했다.

입국심사관은 내 얼굴을 힐끗 보더니 "의사인가?" 하고 물었다.

'킬링'을 '힐링'으로 잘못 알아들은 것이었다. 나는 말없이 고개를
끄덕였다. 수의사도 의사는 의사니까. 그는 일본에 온 것을
환영한다며 내 여권에 도장을 쾅 찍어주었다.

힐링 좋아하시네.

*

고통 없이 죽을 수 있다는 게 유일한 위안이다. 죽기 전에 바보가 될 테고 내가 누구인지조차 모르게 될 테니까.

*

술만 마시면 술자리에서 있었던 일을 다 잊어버리는 동네 사람이
있었다. 죽음이라는 건 삶이라는 시시한 술자리를 잊어버리기 위해
들이켜는 한잔의 독주일지도.

*

은희가 친구에게 보낸 문자메시지를 보게 됐다.

"정말 돌아버릴 것 같아. 하루하루가 너무 힘들어."

친구는 위로인지 비아냥인지 모를 말을 보냈다.

"효녀 났네. 진심 대단하다."

"나중에 어떻게 될지 그게 더 무서워. 치매에 걸리면 인격도 달라진대. 벌써 그런 것 같기도 해."

"요양원에 보내. 친아버지도 아니라면서 왜 네가 다 감당하려고 그래?"

친구의 문자가 이어졌다. 죄책감 가지지 마라. 어차피 기억도 못할 것 아니냐. 은희의 답장은 이랬다.

"아무리 치매 환자라도 감정은 남아 있대."

감정은 남아 있다. 감정은 남아 있다. 감정은 남아 있다. 종일 이 말을 곱씹는다.

내 인생은 셋으로 나눌 수 있을 것 같다. 아버지를 죽이기 전까지의
유년. 살인자로 살아온 청년기와 장년기. 살인 없이 살아온 평온한
삶. 은희는 내 인생 제3기를 상징하는, 그러니까 뭐라고 해야 할까,
부적 같은 것 아니었을까. 아침에 눈을 떠 은희를 볼 수 있다면, 나는
희생자를 찾아 헤매던 과거로 돌아가지 않은 것이었다.

TV를 보니 태국의 한 동물원에서 암사자가 새끼를 잃고 우울증에
빠졌다. 밥도 먹지 않고 운동도 하지 않았다. 보다못한 사육사가
돼지 새끼를 사자우리에 들였다. 암사자는 돼지를 제 새끼인 줄
알고 젖을 먹여 키웠다. 나와 은희의 관계가 그런 것이 아닐까.

*

식욕이 전혀 없다. 먹으면 토한다. 뭔가를 먹고 싶은데 그게 뭔지 모르겠다. 아무것도 하기 싫다. 평생 가까이하지 않았던 술과 담배가 당긴다. 그러나 하게 되지는 않을 것 같다.

*

"만나는 사람이 있어요."

은희가 말했다. 내 기억으로는—물론 이제는 그 기억을 신뢰하기
어렵게 됐지만—은희가 남자 얘기를 꺼낸 것은 이번이 처음이다.
문득 은희의 남자를 받아들일 준비를 전혀 하지 않고 있었다는 것을
깨달았다. 은희가 남자와 함께 사는 모습을 상상해본 적이 없다.
지금도 상상이 안 된다. 설마 영원히 함께 살 거라 생각했던 걸까?
은희가 중학생일 때 남자애들 몇이 집 근처를 얼쩡거렸다. 녀석들은
젊고 나는 그때도 이미 늙어 있었지만 나를 보고 달아나지 않은
놈들이 없었다. 욕을 하거나 겁을 준 것도 아니고 조용히 몇 마디
했을 뿐인데 웬일인지 다들 기가 질린다는 표정으로 꽁무니를 뺐다.
제아무리 사나운 개도 동물병원에 오면 꼬리를 말고 낑낑거려
주인들을 놀라게 한다. 십대 남자아이들도 개와 다르지 않다. 첫
대면의 눈빛이 관계를 결정한다.

"그래서?"

"데려오려고요."

은희의 볼이 붉게 상기되었다.

"집으로 데려온다고?"

"네."

"뭐하러?"

"아빠가 보셔야죠."

"내가 왜?"

"그쪽에선 결혼하자고 해요."

"그럼 그러든지."

"이러지 마세요."

"인간은 결국 혼자가 된다."

"결국은 죽을 걸 뭐하러 살아요?"

은희의 낮은 음성에 살얼음 같은 분노가 서려 있다.

"그것도 맞는 말이다."

"내가 결혼도 안 하고 평생 아빠만 보면서 살았으면 좋겠어요?"

내가 원했던 것이 그거였을까. 확신할 수 없다. 모르기 때문에 나는 이 화제를 피하고만 싶다.

"여하튼 나는 보고 싶지 않다. 하고 싶으면 너 혼자 해라."

"나중에 다시 얘기해요."

은희가 일어나 방을 나간다. 왠지 수치스럽다. 화도 난다. 그런데 이유를 잘 모르겠다. 배가 고파 국수를 말아먹었다. 먹다보니 맛이 이상하다. 뒤늦게 깨닫는다. 간장을 넣지 않았다. 간장이 어디 있나 아무리 찾아도 없다. 새로 하나 사야 할 것 같다. 내가 죽은 후에 집 어디선가 수십 개의 간장병이 발견되는 건 아닐까.

설거지를 하다가 다시 좌절. 먹다 남긴 국수가 그릇째로 개수대에 들어 있었다. 오늘 식사는 국수만 두 그릇.

*

"내 명예를 걸고 말하건대 친구여," 차라투스트라가 대답했다.
"당신이 말한 것 따위는 하나도 존재하지 않는다. 악마도 없고,
지옥도 없다. 당신의 영혼이 당신의 육신보다 더 빨리 죽을 것이다.
그러니 더이상 두려워하지 마라."
마치 나 들으라고 써놓은 듯한 니체의 글.

*

살인자로 오래 살아서 나빴던 것 한 가지: 마음을 터놓을 진정한 친구가 없다. 그런데 이런 친구, 다른 사람들에게는 정말 있는 건가?

*

천둥 번개가 요란하게 치자 대숲이 웅성거렸다. 밤새 잠을 이루지 못했다. 처마를 따라 흘러내리는 빗물소리가 몹시 거슬렸다. 예전엔 저 소리를 참 좋아했는데.

*

은희가 '만나는 사람'을 집으로 데려왔다. 이런 일은 처음이다.
그러므로 지금의 은희는 진지하고 심각하다. 그렇게 받아들여야
한다. 손에 땀이 찬다.

남자가 몰고 온 차는 사륜구동 지프였다. 한눈에도 사냥용임을
알 수 있다. 차 지붕에 서치라이트를 단 것도 모자라 범퍼 위에
안개등을 세 개나 더 매달았다. 이런 차들은 트렁크도 물청소가
가능하도록 개조한다. 차량용 배터리도 두 개쯤 더 달고. 사냥
시즌이 되면 이런 놈들이 마을의 뒷산으로 몰려든다. 은희는
사냥꾼을 남편감으로 선택한 모양이다.

"인사드리겠습니다. 박주태라고 합니다."

남자가 내게 큰절을 했다. 나도 반절로 받았다. 박주태의 키는
170이 조금 넘는 정도로 작은 편이었지만 얼굴이 허여멀겋고
허우대가 멀쩡했다. 그런데 자세히 살펴보면 이마가 좁고 눈은
작으며 하관이 빤, 전형적인 쥐상이었다. 이런 쥐상을 가리기
위해서인지 뿔테안경을 끼고 있었다. 어딘가 낯이 익은 것 같기도
하고 아닌 것 같기도 한데, 요즘은 기억에 관한 한 나 자신을 전혀
신뢰할 수 없으니 뭐라고 말을 꺼내기가 어려웠다. 절을 마친 그가
무릎을 꿇고 먼저 앉자 은희가 나와 그 사이에 앉았다.

"편히 앉으시오."

"괜찮습니다."

그의 말이 끝나기가 무섭게 말을 던졌다.

"나는 치매요. 알츠하이머."

은희가 고개를 번쩍 들어 내 얼굴을 봤다. 항의의 뜻이 담겨 있는 눈길이었다.

"은희한테 얘기 들었소?"

"들었습니다."

"내가 혹시 잊어버리더라도 서운해하지 마시오. 의사 말로는 가까운 기억부터 없어진다니까."

"요즘 약이 좋다던데요."

"그럼 얼마나 좋겠소."

은희가 배와 사과를 깎아왔다. 과일을 먹는 동안 그가 자연스럽게 자기소개를 했다.

"부동산 쪽 일을 하고 있습니다."

"부동산이라."

"땅을 사서 필지를 나누어 되파는 일을 합니다."

"땅 보러 이 동네 저 동네 많이 다니겠소?"

"아무래도 발품을 좀 팔아야지요. 땅도 여자하고 같아서 남의 말만 듣고는 몰라서요."

"혹시 우리가 전에 만난 적이 있소?"

"아닙니다. 오늘 처음 뵙는데요."

그는 빙긋이 웃으며 나를 올려다보았다.

"어디서 봤을 수도 있어요. 요즘 이 사람이 근처에 자주

왔다갔다하니까."

은희가 끼어들었다.

"좁은 동네니까요."

그도 맞장구를 쳤다.

"원래 여기 사람은 아닌 것 같은데?"

그의 말투엔 남쪽 지방 억양이 희미하게 남아 있었다. 그는 고개를 끄덕여 긍정은 하였지만 내 예상과는 좀 다른 대답을 내놓았다.

"맞습니다. 서울에서 나고 자랐습니다."

"은희와 결혼하면 서울로 갈 거요?"

그는 은희와 내 얼굴을 재빠르게 살피더니 아니라고 했다.

"은희씨는 아무데도 안 갈 겁니다. 아버님이 여기 계신데 어딜 가겠습니까?"

"우린 시내에서 살 거예요."

은희가 조용히 손을 뻗어 그의 손을 건드렸다. 그러나 그는 은희의 손을 맞잡지 않았다. 위협을 당한 달팽이처럼 오므라들어 손은 주먹을 쥔 모양새가 되었다. 멋쩍어진 은희의 손이 주인에게로 돌아갔다. 눈 깜짝할 사이에 벌어진 일이었지만 마음에 걸렸다. 그가 자리에서 일어나자 은희도 뒤를 따랐다. 은희는 사냥용 지프의 조수석에 능숙하게 올라탔다. 한두 번 타본 게 아니라는 것을 금세 알 수 있었다. 은희는 차창을 내리고는 시내에 좀 다녀오겠다고 말한 뒤 다시 창을 닫았다.

대문을 닫고 집 안으로 들어와 박주태와의 첫 만남을 기억이 사라지기 전에 기록했다. 기분이 묘했다. 처음 만나는 놈이, 나는 벌써 매우 싫었다. 왜였을까? 내가 놈에게서 뭔가를 본 것일까? 그게 뭐였을까?

*

난방비가 많이 나왔다. 물가가 너무 많이 오르고 있다.

*

노트를 뒤적이다가 놀랐다. 그놈이 그놈이었다. 어떻게 이런 일이
가능할 수 있을까. 귀신에 홀린 기분이다. 놈은 태연하게 내 집으로
걸어들어왔다. 그것도 은희의 약혼자로. 그런데도 나는 놈을 전혀
알아보지 못했다. 놈은 내가 연기를 한다고 생각했을까, 아니면
정말로 자기를 완전히 잊어버렸다고 생각했을까.

*

책을 읽는데 갈피에서 메모지가 툭 떨어진다. 오래전에 베껴 적은 것인지 종이가 누렇게 바랬다.

"혼돈을 오랫동안 들여다보고 있으면 혼돈이 당신을 쳐다본다.
_니체"

*

"박주태는 어떻게 만났니?"

아침을 먹다 은희에게 물었다.

"우연히요. 정말 우연히요."

은희가 말했다. 사람들이 입버릇처럼 쓰는 '우연히'라는 말을 믿지

않는 것이 지혜의 시작이다.

*

살인이 가장 산뜻한 해결책일 때가 있다. 언제나는 아니다.

*

맞다. 박주태가 준 연락처. 그놈이 제 손으로 적은 그 연락처. 그걸 어디다 뒀더라.

하루종일 찾아도 그 연락처 적은 메모지를 찾을 수가 없다. 집 안을 다 뒤져도 없다. 물건 하나하나를 찾는 게 점점 더 어려워진다. 혹시 은희가 몰래 치워버린 걸까?

*

"신발 거꾸로 신으셨네요."

동네 구멍가게 여자가 나를 보고 웃었다. 그 말이 무슨 뜻인지 알아내는 데 한참 걸렸다. 신발을 거꾸로 신었다는 게 무슨 뜻이지? 비유인가?

출근한 은희의 책상에서 요양원 홍보 리플릿을 발견했다.

'영육의 안식처.'

'호텔급 시설.'

광고문구들은 화려하고 매혹적이었다. 정말 내 영혼과 육신은
저기에서라면 안식을 얻게 되는 걸까. 나는 리플릿을 다시 접어
있던 자리에 놓아두었다. 은희는 꿈을 꾸고 있다. 사랑하는 남자와
결혼해 스위트홈을 꾸미고…… 걸림돌인 나는 요양원으로
보내고……

이것은 은희의 생각일까, 박주태의 간계일까.

은희의 휴대폰에서 박주태의 전화번호를 찾았다. 시내에 나가
물건을 사면서 남자 점원에게 부탁을 했다. 늙어서 좋은 점
하나는 사람들이 여간해서 의심을 하지 않는다는 것이다. 점원은
택배기사를 가장해 박주태에게 전화를 걸어주었다.

"운송장에 주소가 너무 희미해서 그러는데요."

박주태는 순순히 주소를 불러주는 모양이었다. 점원은 받아적은
주소를 내게 넘겨주며 물었다.

"근데 무슨 일이래요?"

심부름을 마친 점원이 빙글거리며 물었다.

"손녀가 가출을 했소."

점원이 웃었다. 왜 웃는 걸까. 다 이해한다는 걸까, 아니면 비웃는
걸까.

*

박주태를 미행했다. 그는 하루의 대부분을 집에서 보내다가 오후
늦게 자신의 사냥용 지프를 몰고 밖으로 나간다. 다방 같은 데
들르는 일은 거의 없다. 가끔 남의 밭이나 과수원 초입에 서서
주변을 둘러본다. 땅을 보러 다니는 부동산업자 같기도 하지만
그러기엔 사람을 너무 안 만난다. 때로는 밤에 나와 뚜렷한
목적지 없이 도로를 질주하는 것 같다. 그가 사냥하는 것이
짐승이 아닐지도 모른다는 강한 예감이 든다. 만약 이 예감이
맞아떨어진다면 이것은 신이 내게 던지는 고급스런 농담일까,
아니면 심판일까.

*

박주태를 경찰에 신고하는 것에 대해 진지하게 고려했다. 그걸
뭐라고 하지. 법원에서 주는 거. 맞다, 영장. 그게 있어야 놈의
차와 집을 수색할 수 있을 텐데. 만약 수색을 해도 결정적 증거를
발견하지 못한다면 풀려나리라. 그럼 놈은 나를 의심할 거고—이미
충분히 나를 경계하고 내 주위를 맴돌고 있다—만약 그놈이 정말
범인이라면 나 혹은 은희를 다음 공격 목표로 삼을 것이다. 놈의
눈으로 우리를 본다. 산기슭 외딴집에 살고 있는 칠십대 치매
노인과 연약한 이십대 여성. 참으로 만만해 보일 것이다.

*

은희를 앉혀놓고 박주태에 대해 말했다. 내가 그의 사냥용 지프를
추돌했을 때 그 트렁크에서 뭘 봤는지, 그 피가 얼마나 붉고
선명했는지, 그가 어떻게 내게서 달아났는지, 그후로 얼마나 오래
내 주변을 서성거렸는지. 그런 자가 '우연히' 네 앞에 나타났다면 그
우연이 뭘 의미하는지, 네가 얼마나 큰 위험에 처해 있는지.
은희는 참을성 있게 듣더니 이렇게 말했다.
"아빠, 도대체 무슨 말씀을 하시는지 전혀 모르겠어요."
나는 다시 시도했다. 그러나 은희의 반응은 비슷했다. 내 말이
너무 두서가 없어 알아들을 수가 없다는 것이었다. 영어를 처음
배워 미국인 앞에서 떠들 때와 같은 기분이었다. 최선을 다해
말하고 있고 상대방도 애써 듣고는 있지만 의사소통은 전혀 되고
있지 않았다. 은희는 내가 그 남자를 아주 싫어하고 있다는 사실만
받아들였다. 은희야, 나는 그를 싫어하고 있는 게 아니라 너에게
위험을 경고하고 있는 것이다. 너는 너무 위험한 남자와 만나고
있다. 그리고 네가 그 남자를 만나게 된 것은 절대 우연이 아니란다.
우리의 대화는 끝내 실패하고 말았다. 은희의 참을성은 동이 나고
마음이 급해진 내 말은 더 어눌해진다. 언제나 그랬듯이 언어는 늘
행동보다 느리고 불확실하며 애매모호하다. 지금은 행동이 필요한
시간.
은희의 방에서 소리 죽인 울음소리가 새어나온다.

*

시내에 나가 CCTV가 없는 곳을 신중하게 고른 후 공중전화로
112에 신고를 했다. 수화기를 옷으로 틀어막아 음성을 변조했다.
나는 사냥용 지프를 몰고 다니는 박주태라는 자가 연쇄살인범인 것
같다고 말했다. 근무자는 처음에는 내 말을 잘 알아듣지 못했다.
나는 최대한 천천히, 또박또박 박주태의 지프에 대해 말했다.
이번에는 근무자도 알아들은 눈치였지만 별로 신뢰하는 기색은
아니었다. 112 근무자는 내 신원을 물었다. 나는 안전이 걱정돼
신원을 밝히기 어렵다고 했다. 왜 그를 범인으로 생각하냐고 112
근무자가 물었다. 나는 대답했다.

"그자의 차를 조사해보시오. 거기서 피를 봤으니까."

*

분명히 뭔가를 하러 방에 들어왔는데 그 뭔가가 뭔지 전혀 생각나지
않아 한참을 우두커니 서 있었다. 나를 조종하던 신이 조종간을
놓아버린 것 같다. 뭘 해야 할지를 모른 채로 한참을 멍하니 있었다.
만약 박주태를 잡다가 이런 순간이 오면 어떻게 될까?

*

TV를 보니 연쇄살인사건 용의자 한 명이 임의동행 형식으로 조사를 받았으나 혐의점이 없어 바로 풀려났다고 한다. 경찰은 박주태를 왜 그대로 풀어주었을까. 정말 아무것도 찾아내지 못한 걸까. 시대가 바뀌었어도 그들은 변함없이 무능하다.

이제는 내가 직접 그를 상대해야 하는 걸까? 그것밖에는 방법이 없는 걸까?

*

난생처음으로 필요에 의한 살인에 대해 생각하기 시작했다. 평생 오디오를 수집하던 남자가 회사의 지시로 행사용 앰프를 사러 다니게 되면 아마 이런 기분이지 않을까.

*

내 생애 마지막 할 일이 정해졌다. 박주태를 죽이는 것이다. 그가 누구인지 잊어버리기 전에.

*

벼락을 맞고 살아난 후 갑자기 음악 천재가 된 사람 이야기를 들은
적이 있다. 배운 적도 없는 피아노를 치고 미친듯이 작곡을 하고
오케스트라를 지휘하게 된 미국 사람. 그런데 나는 교통사고로
뇌를 다친 이후 살인에 흥미를 잃고 평범한 인간이 되어버렸다.
그렇게 이십여 년을 살아왔는데 이제 와서 충동 없는 살인, 필요에
의한 살인을 준비하고 있다. 지금 신은 나에게 내가 저지른 악행의
신성을 스스로 진부하게 만들 것을 명령하고 있다.

*

치매 환자는 여러 일을 한꺼번에 수행하는 데 어려움을 겪는다고 의사가 말해주었다. 주전자를 가스레인지에 올려놓고 다른 일을 하면 십중팔구 태운다. 빨래를 하면서 설거지를 하는 정도도 힘들어질 수 있다고 했다. 여자의 경우, 가장 먼저 못하게 되는 것은 요리라 했다. 요리는 의외로 여러 가지 일을 동시에 계획적으로 처리해야 하는 일이다.

"모든 걸 단순화하시는 게 좋습니다. 그리고 한 번에 하나씩만 하도록 버릇을 들이세요."

의사의 충고를 받아들이기로 했다. 당분간 내게 남겨진 모든 능력을 총동원해야 한다. 놈은 만만한 상대가 아니다. 젊고 건장하며 총으로 무장하고 있다. 단기간에 은희를 유혹해 결혼 약속을 받아낼 정도로 말주변도 있다. 은희에게 접근한 것에는 두 가지 목적이 있을 것이다. 첫째는 나를 살피려는 것이고, 둘째는 은희를 죽이려는 것이다. 필요하다면 나도 해치우겠지. 놈은 이미 내가 알츠하이머라는 것을 알고 있다. 굳이 죽이지 않아도 된다고 판단하면 무리는 하지 않을 것이다. 나보다는 은희에게 침을 흘리고 있을 것이다. 그전에 놈을 해치워야 한다. 언론 보도로 미루어 짐작건대 놈은 젊은 여자를 납치해 오래 고문하다 죽이는 것 같다. 이십오 년 만에 나는 다시 내가 가장 잘하는 일로 돌아왔다. 하지만 너무 늙어버렸다. 이십오 년 전보다 나아진 게 있다면 이번에는

퇴로를 안전하게 확보하지 않아도 된다는 것이다. 사냥은 추적과
포착이 과정의 전부라고 할 수 있다. 반면 살인은 목표물을 잡는
것보다 안전하게 빠져나오는 게 우선이다. 잡는 것도 중요하지만
잡혀서는 안 되는 것이다. 이번은 다르다. 나의 모든 힘을 놈을 잡는
데 쓸 것이다. 그러므로 이번 일은 살인이 아니라 사냥이다.
사냥은 사냥감이 다니는 길을 찾아내는 게 첫째다. 목을 찾아
잠복하는 게 둘째다. 단 한 번의 기회를 놓치지 않고 잡는 것이
셋째다. 실패하면 다시 첫째로 돌아가 반복한다.

*

박주태를 잡겠다고 마음먹은 후부터 갑자기 식욕이 돌아왔다. 잠도
잘 자고 기분도 좋다. 이게 은희를 위한 일인지 나 좋아서 하는
일인지 점점 헷갈리기 시작한다.

*

박주태는 이층으로 된 양옥집의 아래층과 지하를 쓰고 있는 것
같다. 작은 밭을 끼고 돌아가다보면 한때 우사로 쓰이던 건물이
보인다. 우사 안에는 지프가 코를 박고 궁둥이를 뒤로 비죽 내밀고
있다. 문을 밀고 마당으로 들어가지 않는 한 집의 동정을 살피기가
어렵도록 되어 있다. 싸리나무 울타리를 교묘하게 배치해 주변의
시선을 거의 완벽하게 차단했다. 이런 집은 프라이버시는 지킬
수 있을지 모르지만 외부의 침입자에 취약하다. 들어가기만 하면
안에서 뭘 해도 밖에서 알 수가 없으니까. 그러니까 박주태는
외부의 적에 대해서는 전혀 걱정하지 않고 있는 것이다. 내 집은
나 혼자 충분히 지킬 수 있다. 유일하게 신경이 쓰이는 건 주변의
시선이다. 집주인의 이런 생각을 집이 조용히 보여주고 있다.
이층에는 할망구가 혼자 살고 있다. 칠십은 훌쩍 넘어 보인다.
박주태와는 어떤 관계일까. 세 들어 사는 건가, 아니면 혈육인가.

어쨌든 저 할망구가 방해가 되지는 않을 것 같다. 허리는 굽었고 거동도 불편하다.

피곤하다. 오늘은 여기까지.

*

출근 준비를 하는 은희의 목이 벌겋다. 목을 손으로 졸렸을 때
나타나는 흔적이다. 은희에게 묻는다. 목이 왜 그러냐고. 은희는
반사적으로 목을 움츠린다. 마치 목이라는 것을 아예 없애버리고
말겠다는 듯이. 나는 은희를 다그쳤다. 박주태 그놈이 그랬느냐고.
"아무한테나 이놈 저놈 하지 마세요."
"그러면 목이 왜 그러냐니까?"
 은희는 내가 들어와 목을 졸랐다고 말한다. 그 말을 믿을 수도 없고
안 믿을 수도 없다. 나에 관한 한 모든 것이 그렇다.
"정말 왜 그래? 아빠 그런 사람 아니었잖아. 꼭 미친 사람 같았어.
나 죽을 뻔했다고."
"거짓말, 그건 거짓말이다."
"내가 왜 거짓말을 해? 제발 현실을 받아들여, 이젠. 아빤 치매야!"
은희는 치매라는 말을 해머처럼 휘둘러 나를 내려친다. 힘이
빠진다. 어렴풋한 꿈으로라도 기억이 안 난다. 막막하다. 내가 정말
그랬다면 은희가 살아 있는 게 기적이다. 나는 팔힘이 정말 세다.
나는 은희에게 사과한다. 그리고 앞으로는 꼭 문을 잠그고 자라고
한다. 은희는 코를 풀고 눈물을 닦더니 결연한 표정으로 서랍에서
일전에 보았던 요양원 홍보 리플릿을 꺼내온다. 나는 그것을
외면한다. 그러나 은희는 손을 거두지 않는다.
"아빠, 나 힘들어. 그리고 아빠를 위해서도 여기 가야 돼. 나 없을 때

뭔 일이라도 나면 어떡해?"

이해한다. 자다가 목 졸려 죽고 싶은 사람이 어디 있으랴.

"알았다. 읽어볼게."

우리나라 법에 따르면 은희는 언제든지 내 동의 없이도 나를
정신병원에 처넣을 수 있다. 전화를 하면 앰뷸런스가 오고 건장한
남자들이 구속복을 입혀 폐쇄병동으로 데려간다. 그것으로 끝이다.
가족이 동의해주지 않는 한, 환자는 더이상 바깥 구경을 할 수 없다.
유산 상속에 불만을 품은 가족들이 작당하여 술에 취한 가장을
정신병원에 집어넣고 협상하는 경우도 봤다. 나는 이미 알츠하이머
진단도 받은 상태이니 은희가 마음만 먹는다면 나를 처리할 수
있다. 당장 오늘이라도.

정신병원보다는 요양원이 나을 것이다. 그렇지만 아직은 어디에도
가고 싶지 않다. 이래저래 자유의 시간이 얼마 남지 않았다.

"나랑 구경 한번 가요. 구경만 해도 된대."

은희가 내 손을 붙들며 간곡하게 말한다. 나는 그러겠다고 한다.
은희가 출근을 한 후에 기억이 났다. 나는 은희의 엄마를 목 졸라
죽였다.

*

어학용 녹음기를 샀다. 목걸이처럼 목에 걸었다. 뭘 하려고 할
때마다 아무리 간단한 일이라도 먼저 녹음을 한다. 그뒤에 그
일을 한다. 하는 도중에 잊어버리면 녹음기의 재생 버튼을 누른다.
그러면 방금 전에 녹음한 문장이 들린다. 그럼 다시 시도한다.
"화장실에 가서 오줌을 눌 것이다"라고 말한 후에 화장실에 간다.
"물을 끓여 커피를 마실 것이다"라고 말하고 물을 끓인다. 몇 분
전의 내가 몇 분 후의 나에게 명령을 내리는 것이다. 나라는 인간은
이렇게 끝없이 분리된다. 아무 생각이 나지 않을 때에도 목에
걸린 녹음기를 보면 반사적으로 버튼을 누른다. 아직은 절실하게
필요하지 않지만 병세가 악화될 때를 대비하는 것이다. 무수히
반복해 몸이 기억하도록 해야 한다.

*

다시 한번 은희와 대화를 시도했다. 내 말을 들은 은희가 소리없이 운다. 은희는 왜 울까. 나는 단지 위험을 경고하고 있을 뿐인데. 뭐가 저리 서러울까. 걱정해주는 것뿐인데. 나로서는 저런 복잡한 감정은 이해할 도리가 없다. 저것은 슬픔인가, 분노인가, 애상인가. 알 수가 없다. 은희는 젖은 눈으로 호소했다. 더이상 박주태를 나쁘게 말하지 말아달라고 한다. 듣고 있기가 괴롭다고. 그는 착하고 선량한 남자라고 한다. 결혼할 남자더러 연쇄살인범이라니, 너무 심한 말 아니냐고, 증거도 없이 사람을 그렇게 의심하면 어떻게 하냐고 한다. 어쨌든 이제 드디어 내 뜻이 거의 정확하게 은희에게 가닿고 있기는 한 것 같다. 그나마 다행이다. 최소한 은희의 마음에 놈에 대한 의심을 심어주는 데는 성공한 것이다. 상승장군 오셀로를 파멸시킨 것은 이아고가 불어넣은 작은 의심이었다.

"친아버지도 아니면서!"

그 말을 끝으로 은희는 방을 나가버린다. 맞는 말인데도 왠지 심한 모욕을 당한 기분이다.

*

집에 누워 있는데 사람들이 저벅저벅 마당으로 들어선다. 제복을
입은 다섯 명의 젊은이들. 처음엔 경찰이라고 생각했다.

"안녕하세요."

남자 셋에 여자가 둘이었다. 누구냐고 물으니 경찰대학교
학생들이라 한다.

"무슨 일이오?"

조별 과제를 진행중이란다. 장기 미제사건을 골라 조사해가는
과제라 했다. 그들은 몇 장의 기사 복사본을 내게 보여주었다. 모두
내가 저지른 사건들이다. 새삼 신기하다. 몇십 년 전의 일이 오히려
놀랍도록 생생하다는 것이.

"저희는 이 사건들이 실은 연쇄살인이라고 생각하고 있거든요.
당시에는 그런 인식이 없었지만요."

젊은 경찰간부 후보생들은 신이 나서 떠들어댄다. 여자들은 예쁘고
남자들은 훤칠하다. 연쇄살인에 대해 얘기하는 와중에도 난데없이
까르르 웃음을 터뜨리기도 한다. 너희들, FBI 놀이가 아주 재밌는
모양이구나.

"나는 도대체가 무슨 얘기들을 하는지 통 모르겠네. 지금 왜
우리집에 와서 이 난리들이오?"

대답 대신 마치 연극의 한 장면처럼 새로운 인물 하나가 등장했다.
오십대 중반으로 보이는 남자. 경찰대학교 학생들이 모두 일어나

108

그에게 경례를 했다.

"됐어, 앉아."

새로 등장한 인물은 안형사였다. 그가 명함을 건네며 인사를 했다.
경찰대 학생들만 보낼 수는 없어서 자기가 동행을 했노라고. 그는
짐짓 무심한 듯 멀찍이 앉아 있지만 직업적 습관대로 눈길은 집 안
곳곳을 훑고 있다.

"얘기들 계속해."

안형사의 말에 경찰대 학생들은 좀더 상기된 표정으로 내게
달려든다.

"저희가 이 사건 현장들을 선으로 연결해봤거든요. 자, 보세요."
학생들이 지도 위에 그은 선은 팔각형을 이루고 있었다. 그
팔각형의 중심부에 내가 사는 마을이 있었다. 얼굴이 작고 코가
오똑한 여학생이 눈을 반짝이며 지도를 들이댄다.

"저희는 범인이 있다면 이 지역……"

우리 동네였다.

"……에 있을 거라고 추론을 한 거예요. 물론 지금까지 여기 살고
있을 리는 없겠지만요."

섣부른 결론. 조는 듯이 앉아 있던 안형사가 자기도 모르게 고개를
번쩍 쳐들어 학생들을 힐끗 노려보았다.

"우리 동네라."

"어르신은 이 동네에서만 쭉 사셨으니까 혹시 당시에 수상한 사람을
보신 적이 없는지 여쭤보는 거예요."

"당시엔 간첩이 많았소. 여긴 북이랑 가까우니까 많이들 넘어왔지. 같이 놀던 친구가 갑자기 며칠 안 보이면 우리는 '삼촌이 왔나보다'라고 했지. 북에서 온 삼촌. 쉬쉬하며 살았지만 다들 눈치는 채고 있었지. 등산 다니다가 간첩이라고 잡혀가 조사받은 외지 사람도 많았소."

"저희는 간첩을 찾는 게 아니고요."

키가 가장 큰 남학생이 못 참고 끼어들었다. 나는 손을 들어 그를 제지했다.

"그러니까 내 말은 당시에 수상한 사람이 있었다면 벌써 여러 번 간첩으로 잡혀간 적이 있을 거라는 말이오. 간첩 신고하면 포상금으로 팔자를 고치던 시절이었으니까."

"아, 간첩으로 잡혀갔다가 풀려난 사람들 중에 범인이 있을 거라는 말씀이시군요. 그런데 그걸 어떻게 찾지?"

꺽다리 남학생이 친구들을 향해 물었다.

"파출소에 그런 기록이 남아 있으려나."

"없어."

멀찍이 앉아 있던 안형사가 잘라 말했다.

"없어요?"

얼굴이 갸름한 여학생이 안형사에게 따지듯이 물었다. 가벼운 힐난의 기색이 묻어 있었다. 자신감 충만한 젊은 경찰대 학생들, 미국 드라마 CSI시리즈 같은 걸 보고 경찰이 되기를 꿈꿨던 아이들은 시골 경찰서의 강력계 형사 따위 안중에도 없을 것이다—

그런데 너희들이었다면, 그때 너희들이 이 지역의 경찰이었다면
과연 나를 잡을 수 있었을까? 기록을 들춰보면 한심하겠지. 부실한
초동수사, 공조도 제대로 안 되었고, 기껏 잡아들인 용의자들은
모두 무죄로 풀려났지. 그중의 몇몇은 취조중 고문을 당했다며
민주화 이후에 정부를 고소했고 보상을 받아냈단다.

안형사가 말했다.

"80년대가 어떤 시대인지 알아? 강원도 경찰도 하이바 쓰고
서울의 대학교 정문 앞에서 화염병 맞던 시대야. 시골에서 사람 몇
죽어나간다고 누가 신경이나 썼을 것 같아?"

안형사가 몸을 일으켜 마당으로 나가 담배를 피워물었다. 경찰대
학생들도 따라 일어났다. 다들 신발을 신고 있는 사이, 한 남학생이
내게 속삭였다.

"안형사님이 그 사건들 중 몇 건을 담당하셨대요. 그런데
아직도 주말이면 그 범인 잡겠다고 왔다갔다하시는 모양이에요.
공소시효도 다 지난 사건을요. 뭔가 맺힌 게 있으시겠죠."

마당에 서 있던 여학생 하나가 토를 달았다.

"시골 사람 조심해야 돼. 보기보다 집요하거든."

젊은이들은 자기가 무슨 말을 하는지 모른다. 그래서 좋다.
담배를 피우던 안형사가 문득 생각난 듯 다시 툇마루 쪽으로
다가온다.

"가족은 없으신가요?"

"딸년이 있지요."

"아……"

오랫동안 혼자 살아온 남자. 외로운 늑대를 찾는 거겠지.

경찰대 학생들이 밖에서 동네 구경을 하는 동안 안형사는 그들을 따라나서지 않고 툇마루에 궁둥이를 걸쳤다.

"어르신 앞에서 이런 말씀 뭣합니다만 나이가 드니까 온갖 데가 다 고장이 납니다."

그가 무릎을 두들겼다. 누가 보면 나와 안형사는 오랫동안 알아온 마을 친구처럼 보일 것 같다.

"어디가 아프시오?"

"당뇨에, 관절염에, 혈압에, 어느 한 군데 안 아픈 데가 없습니다. 이게 다 그놈의 잠복근무 때문입니다. 지긋지긋합니다."

"이제 좀 편한 데서 쉬시지."

"무덤 속에 들어가면 그때 편히 쉬지요."

"왜 아니겠소. 무덤 속이 제일 편하지요."

잠시 침묵이 흘렀다.

"누구나 그런 것 하나쯤 있지 않습니까. 죽기 전에 꼭 마무리짓고 갔으면 하는 일이요."

형사가 말했다.

"왜 없겠습니까. 나도 하나 있소."

내가 맞장구를 쳤다.

"그게 뭡니까?"

"그런 게 있소. 아까 학생들 얘기 듣자 하니까 아직도 그놈 잡으러 다닌다던데, 잡아봐야 무슨 보람이 있겠소? 잡아도 집어넣지도 못할 텐데."

"저도 잘 모르겠습니다. 왜 자꾸 그 일로 돌아가는지. 요즘 들어 더 심해집니다. 그리고, 그놈에게 자기를 잊지 않고 잡으러 다니는 사람이 있다는 것 정도는 알려줘야죠. 발 뻗고 못 자게."

안형사. 너는 알고 있구나. 살인이 무엇인지, 피가 흥건한 현장이란 어떤 것인지. 살인, 그 불가역적인 행위의 힘을. 거기에는 우리를 깊숙이 끌어들이는 마력이 있지. 그런데 안형사, 나는 언제나 발을 뻗고 잔다네.

"그나저나 형님도 건강에 유의하시오. 나는 요즘 자꾸만 깜빡깜빡합니다."

"연세에 비해 정정하신데요?"

"내 나이를 아시오?"

그가 움찔하는 것이 느껴졌다. 나는 모른 척 화제를 돌렸다.

"의사가 그럽디다. 뇌가 쪼그라들고 있다고. 나중엔 말라비틀어진 호두처럼 되는 거지."

안형사는 아무 대꾸도 하지 않는다.

"내일이면 형사 양반이 여기 왔다는 것도 잊어버릴지 모르오."

*

경찰대 학생들이 떠난 뒤에도 흥분이 가시지 않는다. 그들을
앉혀놓고 막 떠들고 싶었다. 첫번째 살인부터 마지막 살인까지.
지금도 생생하게 기억나는 그 사건들 모두를. 초롱초롱한 눈빛으로
내 얘기를 듣겠지? 너희들이 보고 있는 그 기록들에는 주어가 없지.
목적어와 술어만 즐비한 불구의 기록. 거기 '불상자'로 갈음했을
그 이름, 내가 바로 그 이름, 그 주어다. 그렇게 떠들고 싶어 죽을
지경이었다. 그러나 겨우 참았다. 아직 할일이 하나 남아 있었다.

*

시내에 나갔다 왔다. 그사이 누군가가 집에 다녀간 흔적이 있다. 조심스러운 손길이었지만 분명히 집을 뒤졌다. 몇몇 물건들은 도저히 찾을 수가 없다. 가져간 것이 분명하다. 도둑일까? 집에 도둑이 든 일은 지금껏 없었다.

저녁에 퇴근한 은희에게 집에 도둑이 들었다고 말했다. 은희는 딱한 얼굴로 나를 바라보며 그런 일은 없었다고 한다. 뭐가 없어졌느냐고 묻는데 생각이 나지 않았다. 그러나 분명히 뭔가가 없어졌다. 느낄 수 있다. 그런데 입 밖으로 꺼내 말할 수가 없다.

"치매에 걸리면 다들 그런대요. 며느리도 도둑이라고 하고 간호사도 도둑이라고 하고."

그래, 그걸 도둑망상이라고들 하지. 나도 그건 알아. 그런데 이건 망상이 아니야. 분명히 뭔가가 없어졌다고. 일지와 녹음기는 몸에 지니고 있으니 무사했지만 다른 무언가가 사라졌다.

"그래, 개가 없어졌다. 개가 없어졌어."

"아빠, 우리집에 개가 어디 있어요?"

이상하다. 분명히 개가 있었던 것 같은데.

*

내 고향 앞길은 벚꽃이 좋았다. 일제시대에 심은 그 벚나무 터널
아래로 봄이면 사람들이 장사진을 쳤다. 벚꽃이 흐드러지게 필 때면
나는 부러 그 길을 에돌아 다녔다. 꽃을 오래 보고 있으면 무서웠다.
사나운 개는 작대기로 쫓지만 꽃은 그럴 수가 없다. 꽃은 맹렬하고
적나라하다. 그 벚꽃길, 자꾸 생각난다. 뭐가 그렇게 두려웠을까.
그저 꽃인 것을.

*

나는 한 번도 체포되거나 구금된 적이 없다. 그런데 감옥에
대해서는 늘 생각하지 않을 수 없었다. 나의 어지러운 꿈속에서
나는 언제나 가본 적도 없는 교도소의 복도를 걸어갔다. 나는
배정된 방을 찾아 헤매지만 그 방을 찾을 수 없어 곤혹스러워한다.
때로 나는 사람들로 가득찬 방으로 배정받아 들어가게 되는데, 그
방에선 내가 죽인 이들이 환한 얼굴로 웃으며 나를 기다리고 있기도
한다.

TV나 소설을 통해서 본 감옥은 내게 철의 세계로 남아 있다.
철커덕철커덕 소리를 내며 열리는 철문. 높이 솟은 담장 위를
꽃처럼 장식한 철조망. 손목을 꽉 죄는 수갑과 족쇄. 달그락달그락
소리를 내는 그들의 식기와 식판. 심지어 그들이 입은 죄수복의
색깔도 철을 떠올리게 한다.

사람들마다 구원의 이미지가 있을 것이다. 따스한 햇볕이 쏟아지는
영국풍 정원과 잔디밭일 수도 있고, 베란다에 화분을 내놓은
스위스풍 전통가옥일 수도 있겠다. 나는 늘 감옥을 떠올렸다.
겨드랑이와 사타구니와 온몸의 땀샘에서 냄새를 풍기는 거친
사내들을 떠올렸다. 죄수들은 엄격한 위계로 나를 길들일 것이고,
그 안에서 나는 철저하게 나를 잊을 수 있을 것만 같았다. 잠시도
쉬지 않고 부산히 움직이던 내 자아를 잠재울 수 있을 것 같았다.
나는 징벌방에 대한 환상도 갖고 있었다. 관을 연상시키는 좁은

방에 갇혀 뒷수갑이 채워진 채 혀로 식기를 핥아먹는 장면을 거듭 떠올리곤 했다. 나는 처절하게 짓밟힌 채 탈진하여 내가 떠나온 세계, 흙의 세계를 극도로 갈망하며 발버둥을 치게 될 것이다. 그 상상은 꽤 짜릿한 쾌감으로 나를 인도하였다. 어쩌면 나는 너무 오랫동안 나 혼자 모든 것을 결정하고 집행하는 삶에 지쳐 있었는지도 모른다. 내 악마적 자아의 자율성을 제로로 수렴시키는 세계, 내게는 그곳이 감옥이고 징벌방이었다. 내가 아무나 죽여 파묻을 수 없는 곳, 감히 그런 상상조차 하지 못할 곳, 내 육체와 정신이 철저하게 파괴될 곳. 내 자아를 영원히 상실하게 될 곳.

*

공설운동장. 꾸역꾸역 모여들던 사람들이 생각난다. 북한에서
공비를 내려보냈다고, 미국 군함을 나포했다고, 영부인을
저격했다고 사람들이 모여 규탄대회를 열었다. 연사들이 나와
목청이 터지도록 붉은 돼지 김일성을 찢어 죽이자, 공산당을
물리치자, 고 외쳤다. 어린아이들은 가장 앞자리에 앉아 연단을
우러러보았다. 무슨 일이 일어날지 우리는 알고 있었다. 우리는
피의 분출, 신체의 절단이라는 스펙터클을 기다렸다.

"저 사람이야."

친구 하나가 연단 뒤쪽에 앉은 젊은 남자를 가리키며 말했다.

"오늘은 저 아저씨야. 확실해."

"그걸 어떻게 알아?"

"깡패잖아."

과연 그는 도드라졌다. 그를 제외하면 모두 지역사회의
유지들이었다. 도지사와 경찰서장, 군 장성, 교육감과 교장들. 오직
그만이 몸으로 살아온 인간 특유의 긴장으로 팽팽했다. 가슴은
다부져 양복 단추를 채울 수 없을 정도였다.

잠시 후, 친구의 지목을 받은 남자가 박수를 받으며 연단에
올라섰다. 규탄대회는 절정으로 치닫고 있었다. 흥분하여 울부짖다
쓰러지는 여자들이 속출했다. 그가 나타나자 무명치마를 입은 두
여자가 종이를 받쳐들고 그 앞에 자리를 잡았다. 그는 "공산당

개새끼들을, 이 개새끼들을, 지구상에서 박멸하자"고 외치며
품안에서 칼을 꺼내들었다. 여자들이 비명을 지르며 눈을 가렸다.
그는 주저 없이 칼을 내리꽂아 자신의 새끼손가락을 잘랐다.

멸공

두 여자가 그가 쓴 혈서를 양쪽에서 맞들어 높이 쳐들었다.
그에 맞춰 군가 〈멸공의 횃불〉이 군악대의 연주로 공설운동장에
울려퍼졌다. 아름다운 이 강산을 지키는 우리. 사나이 기백으로
오늘을 산다. 포탄의 불바다를 무릅쓰면서 고향땅 부모 형제 평화를
위해. 전우여, 내 나라는 내가 지킨다. 멸공의 횃불 아래 목숨을
건다.
공설운동장 한쪽에 대기해 있던 앰뷸런스에서 의료진이 내려
그에게 달려간다. 그는 필요 없다고, 다 필요 없다고 소리친다. 자기
피를 본 젊은 깡패는 극도로 흥분해 있다. 포위된 짐승처럼 사방을
둘러보며 숨을 몰아쉰다. 뒤에 앉아 있던 경찰서장이 다가가 뭐라고
속삭이자 그제야 쪼그라든다. 의료진이 그를 데리고 연단을 내려가
지혈을 했다.
규탄대회마다 깡패들이 연단에 올라 손가락을 자르고 멸공을
외쳤다. 연단에 피가 뿌려져야 규탄대회가 끝난 것 같은 기분이
들었다. 들리는 소문에 의하면 경찰서에서 폭력배에게 협조를
요청한다고 했다. 그러면 깡패 두목이 연단에 오를 부하를

지목하는 것이다. 나는 궁금했다. 그 많은 규탄대회를 감당할 만한 깡패들이 지역마다 있을까. 그런데 어느 날 갑자기 그런 대회들이 사라져버렸다. 대통령이 최측근의 총에 맞아 죽은 것이다.

사람들이 공산당이라는 유령을 잡으러 다닐 때, 나는 나만의 사냥을 계속했다. 내가 1976년에 죽인 한 남자는 무장간첩에 의해 피살된 것으로 공식 발표되었다.

"범인은 피해자를 잔인하게 살해한 후 바로 월북한 것으로 추정된다. 범행의 잔인함으로 미루어볼 때 북괴의 소행임이 분명하다."

유령에 의한 죽음이었으니 범인은 잡을 필요도 없었다.

*

시내에 나갔다가 돌아오는 길에 마을 초입에서 낯선 놈과 마주쳤다.
젊은 남자가 팔짱을 낀 채로 내 눈을 정면으로 쏘아보고 있었다.
누굴까? 누군데 저토록 대놓고 내게 적대적일까? 무섭고 두려웠다.
오랜 사고 습관대로 처음에는 형사라고 생각했다. 집에 들어와
노트를 뒤적이다가 깨달았다. 놈은 박주태였다.
그놈 얼굴은 왜 이토록 내 기억 속에 입력되지 않는 것일까.
답답했다. 어쨌든 잊기 전에 적어둔다. 그의 거듭된 출현을.

*

은희가 또 요양원 얘기를 꺼냈다. 구경이라도 가보자고 한다. 문득 치매에 걸린 노인들이 어떻게 살고 있을지 궁금해졌다. 그래서 가보기로 했다. 그런데 은희가 화를 냈다. 왜 화를 내냐니까 내가 '언제 그랬냐'며 갑자기 고집을 부렸다고 했다.

"내가? 기억이 안 나는데."

은희는 다시 나를 설득한다. 그래서 나는 은희를 바로 따라나선다. 나중에 녹음기를 들어보니 차를 타고 가는 내내 나는 은희에게 묻고 있다. 지금 어딜 가는 거냐고. 은희는 참을성 있게 대답한다.

"아빠가 요양원에 가보고 싶다고 해서 지금 가는 중이에요. 그냥 구경 가는 거예요."

은희는 카메라로 요양원 곳곳을 찍었다. 나중에 내가 기억하는 데 도움이 될 거라면서. 나는 녹음을 하고 메모를 했다.

노인들은 평화로워 보였다. 모여서 보드게임을 하고 있는 노인들 사이에 잠시 앉아 있었다. 그들은 나를 환대했다. 블록을 쌓는 보드게임은 순조롭지 않았다. 무너지고, 또 무너지고. 그런데도 그들은 즐거워하고 있었다.

"봐요. 다들 재밌어하시잖아요."

은희가 내게 말했다. 은희는 모른다. 내가 추구하던 즐거움에 타인의 자리는 없다는 것을. 나는 타인과 어울려 함께하는 일에서 기쁨을 얻어본 기억이 없다. 나는 언제나 내 안으로 깊이깊이

파고들어갔고, 그 안에서 오래 지속되는 쾌락을 찾았다. 뱀을
애완용으로 키우는 이들이 햄스터를 사들이듯이, 내 안의 괴물도
늘 먹이를 필요로 했다. 타인은 그럴 때만 내게 의미가 있었다.
노인들이 손뼉을 치며 좋아하는 것을 보자마자 나는 즉각적으로
그들을 혐오하게 되었다. 웃는다는 것은 약하다는 것이다. 타인에게
자기를 무방비로 내준다는 뜻이다. 자신을 먹이로 내주겠다는
신호다. 그들은 힘이 없고 저속하고 유치해 보였다.

은희와 나는 노인들이 대화를 나누는 휴게실에도 들어가보았다.
그들의 대화는 이어지지 않았다. 중증의 치매 환자가 의미 없는
말을 끝없이 반복하고 있었는데, 다른 환자들은 그 말을 들으며
각자 떠오르는 말을 중구난방으로 내뱉고 있었다. 별로 웃긴
말을 하지 않았는데도 폭소가 터졌다. 우리를 데리고 다니던
사회복지사에게 은희가 말했다.

"서로 어떻게 알아듣고 저렇게들 대화를 하시죠?"

한두 번 받은 질문이 아니었는지 사회복지사는 망설임 없이
대답했다.

"술 취한 사람들도 자기들끼리는 즐거워하잖아요. 대화를 즐기는 데
꼭 지력이 필요한 건 아니니까요."

*

메모지에 '미래 기억'이라는 말이 뜬금없이 적혀 있다. 뭘 보다가
적어놓은 걸까. 내 필체인 것은 분명한데 무슨 뜻인지 아무리
생각해도 알 수가 없다. 지나간 일을 기억하니까 그게 기억 아닌가.
그런데 '미래 기억'이라니. 답답한 마음에 인터넷을 찾아보니 '미래
기억'은 앞으로 할 일을 기억한다는 뜻이었다. 치매 환자가 가장
빨리 잊어버리는 게 바로 그것이라고 했다. "식사하시고 삼십 분
후에 약을 드세요" 같은 말을 기억하는 게 바로 미래 기억이란다.
과거 기억을 상실하면 내가 누구인지를 알 수 없게 되고 미래
기억을 못 하면 나는 영원히 현재에만 머무르게 된다. 과거와
미래가 없다면 현재는 무슨 의미일까. 하지만 어쩌랴, 레일이
끊기면 기차는 멈출 수밖에.
그나저나 중요한 일을 앞두고 있는데, 걱정이다.

*

나는 조용한 세상이 좋다. 도시에서는 살 수가 없다. 너무 많은
소리가 나를 향해 달려든다. 너무 많은 표지판, 간판, 사람들 그리고
그들의 표정들. 나는 그것들을 해석할 수가 없다. 무섭다.

*

오랜만에 모임에 나갔다. 지역 문인들도 이제 많이 늙었다. 한때
열정적으로 소설을 쓰던 이 하나는 족보를 연구하고 있다. 마음이
죽은 자들 쪽으로 향하기 시작한 것이다. 시를 쓰던 몇은 서예에
빠졌다. 그것 역시 죽은 자들에게 속해 있는 문화.

"이젠 남이 쓴 글이 좋아."

한 늙은이가 말한다. 다른 늙은이가 맞장구를 친다.

"동양의 예술이라는 것은 원래 모방이 기본이야."

늙고 나니 모두들 동양으로 돌아와 있다.

실업계 고등학교 교장으로 일하다가 은퇴한 늙은이가 있다. 그때의
직함을 따라 모두 박교장이라 부른다. 그가 나더러 요즘도 시를
쓰냐고 묻는다.

"쓰지."

보여달라고 한다.

"보여줄 만한 것은 아니고."

"그래도 대단하네. 아직도 쓰다니."

"쓰려고 하고 있는 중이지. 근데 잘 안 되네. 늙어서 그런가."

"뭐에 대한 시인데?"

"늘 하던 얘기지, 뭐."

"또 그놈의 피, 시체 뭐 그런 거 나오는 거? 늙으면 마음이
순해져야지, 이 양반아."

"많이 순해진 거지. 그나저나 죽기 전에 제대로 된 거 하나만 쓰고 갔으면 좋겠는데."

"그런 게 있으면 미루지 말고 꼭 해야 하네. 내일 아침에도 눈을 뜰지 누가 아나?"

"내 말이."

우리는 커피를 함께 마신다. 나는 말한다.

"요즘은 옛날에 읽던 고전들을 다시 읽어. 그리스 고전들."

"뭘 읽는데?"

"비극이나 서사시 같은 것. 오이디푸스도 읽고 오디세이아도 읽고."

"그런 게 눈에 들어오나?"

교장은 제 돋보기를 만지작거리며 말한다.

"늙어야 보이는 게 있더라고."

화장실에 가서 녹음기를 확인한다. 모두 잘 녹음되어 있다.

*

책장에서 괜찮은 시를 발견했다. 감탄하여 읽고 또 읽으며 외우려
애썼는데, 알고 보니 내가 쓴 시였다.

노트를 보다가 또 놀랐다. 경찰대 학생들이 다녀간 일이 깨끗하게 뇌리에서 지워져 있다. 이젠 자주 겪는 일인데도 결코 익숙해지지 않는다. 잊어버린 것과는 다르다. 아예 일어나지 않은 사건처럼 느껴진다. 남극탐험기라든가 범죄소설의 한 페이지를 읽는 기분이다. 그런데 필적은 분명 내 필적이다. 기억이 전혀 없지만 다시 적어둔다. 어제 경찰대 학생 다섯 명과 안형사라는 사람이 다녀갔다.

*

요즘은 옛날 기억들만 더 생생하게 떠오른다.

내 최초의 기억: 마당 한가운데 놓인 대야에 들어앉아 물을 튕기고 있다. 아마도 나는 목욕을 하고 있었던 것 같다. 대야에 몸이 다 들어갈 수 있을 정도였으니 세 살이나 그 아래였을 것이다. 어떤 여자의 얼굴이 내 얼굴과 닿을 듯이 가까운 곳에 있다. 어머니겠지. 주변에는 다른 여자들도 오가고 있었다. 어머니는 내 몸이 마치 시장에서 사온 문어라도 되는 듯 이리저리 뒤집어가며 거칠게 박박 문질러 씻겼다. 목덜미에 어머니의 숨결이 와닿던 순간이 생생하고, 눈을 찌르는 햇빛에 눈살을 찌푸린 것도 기억난다. 누이의 기억은 없는 걸로 봐서 아마 누이가 태어나기 전이었거나 어디 다른 곳에 있었던 모양이다. 목욕이 끝날 무렵에 어머니가 갑자기 손을 뻗어 내 고추를 움켜쥐고 뭐라 말을 하던 기억이 나는데 그뒤로는 더이상 생각이 나지 않는다. 고추를 잡아당기는데 왜 엉덩이가 아플까, 이상하다고 생각했던 기억. 그리고 어디선가 여자들이 까르르 웃었다는 것밖에는.

*

인간은 시간이라는 감옥에 갇힌 죄수다. 치매에 걸린 인간은 벽이
좁혀지는 감옥에 갇힌 죄수다. 그 속도가 점점 빨라진다. 숨이
막힌다.

*

경찰대 학생들이 다녀간 일이 아무래도 꺼림칙하다. 박주태를 잡는
데 방해가 되는 것은 아닐까.

*

밤새 은희가 집에 들어오지 않았다. 최악을 상상하고 마음의 준비를
했다. 날이 밝는 대로 놈을 찾아가리라 마음을 먹고 모든 준비를
마쳤다. 그러다 까무룩 잠이 들었다. 정신을 차려보니 그새 은희가
들어왔다 나간 흔적이 있었다. 해가 중천에 떠 있었다.
반항하는 건가?

*

노트를 들추거나 녹음된 내용을 들어보면 전혀 기억나지 않는 일이
기록되어 있곤 한다. 기억을 잃어가고 있으니 당연한 일. 기억에
없는 나 자신의 행위, 생각, 말을 읽는 기분은 묘하다. 젊어서 읽은
러시아 소설을 오랜만에 다시 읽는 것만 같다. 배경도 익숙하고
등장인물도 낯이 익다. 그런데 새롭다. 이런 장면이 있었던가?

*

은희에게 지난밤에 왜 집에 들어오지 않았느냐고 물었다. 은희는
귀밑머리를 손가락으로 빗어넘기는 동작을 계속하며 내 눈을
피했다. 듣기 싫은 소리를 애써 참고 있을 때의 버릇이다. 그 버릇
너머로 어린 은희가 보인다. 아무것도 모르고 내게 의존하던 철없던
아이가.

"다 지난 일을 뭘."

은희가 화제를 돌리려 했다.

"왜 안 하던 짓을 해? 어디서 자고 온 거냐?"

"어디서 자고 왔으면 뭐?"

은희가 평소답지 않게 말꼬리를 올린다. 저리 발끈하는 걸 보면
그놈과 같이 있었던 게 분명하다. 이제는 변명조차 하지 않는 은희.
어차피 내가 다 잊어버릴 거라고 생각하는 것이겠지. 내가 이토록
필사적으로 기억을 붙잡고 있는 줄도 모르고.

"그놈은 푸른 수염이다."

"무슨 수염? 그 사람 수염 안 길러."

은희는 교양이 부족하다.

*

놈은 어째서 은희를 살려두는 걸까. 일종의 인질일까. 내가 자기를
신고하지 못하도록 은희를 가까이 두는 걸까? 그럴 바에야 먼저
나를 처리해버리면 될 것을. 뭘 망설이는 거냐, 박주태.

*

은희가 친구와 통화를 하고 있다. 나는 몰래 방문에 귀를 대고
그들의 대화를 엿듣는다. 은희는 박주태와 단단히 사랑에 빠져 있는
것 같다. 쉼없이 그의 이야기를 한다. 그가 얼마나 좋은 사람인지,
얼마나 자기한테 잘해주는지 말하고 있다. 사랑에 빠진 여자의
날것 그대로의 목소리를 나는 처음 듣는 것 같다. 은희는 한 번도
가정다운 가정에서 살아보지 못했다. 어려서 부모를 잃고 그뒤로는
나하고 살았으니까. 이제 처음으로 은희는 가정다운 가정을
꾸릴 단꿈에 젖어 있다. 그런데 은희야. 상대가 왜 하필 그놈이란
말이냐. 왜 하필 네가 사랑하는 놈은 너의 부모를 죽인 내 손에 죽을
운명이란 말이냐.

*

박주태를 빨리 죽이고 싶다. 그런데 자꾸만 까무룩 정신줄을 놓는다. 마음이 급하다. 이러다 아무 일도 못 하는 존재가 돼버리는 건가. 우울하다.

*

은희 지갑에서 안형사의 명함을 발견했다. 안형사는 왜 나를 쫓는가. 마지막 남은 공명심일까.

*

박주태의 위험을 경고한 이후로 은희는 나를 노골적으로 피한다.
그러나 은희를 원망하지 않으려고 노력한다. 언젠가 내 뇌가 완전히
쪼그라들어 아무것도 기억하지 못하고 그 어떤 것도 내 뜻대로
하지 못하게 될 때, 혹은 내가 죽어 무덤에 묻힌 후에라도 은희는
내 노트를 읽게 되리라. 녹음된 것을 듣게 되리라. 그리하여 내가
어떤 사람이었는지 알게 되리라. 자기를 위해 무슨 일을 준비하고
있었는지 알게 되리라.

*

"낮에 연구소로 형사가 찾아왔었어요."

은희가 말했다. 물어보니 안형사인 것 같았다.

"엄마에 대해 묻더라고요."

"그래서 뭐라고 그랬니?"

"아는 게 있어야죠. 모른다고 그랬죠."

"이제 와서 형사가 왜 네 엄마에 대해 캐고 다닐까?"

"내가 알아요? 나야말로 그쪽에서 아는 거 있으면 좀 알려달라고
그랬죠."

"그랬더니?"

"그러겠대요. 그런데 이상한 게 있어요."

"뭔데?"

"아빠는 내 생모가 돌아가셨다고 했잖아요. 그런데 안형사 말로는
실종된 상태래요. 생부는 병원에서 발부한 사망진단서도 있고
사망신고도 돼 있지만 엄마는 없대요. 장기 실종으로 사망 처리가
되었다는 거예요. 어떻게 된 일이에요? 이상하잖아요."

"그렇게 말했니, 안형사한테? 이상하다고?"

"네. 그랬더니 안형사도 그렇대요."

"고아원 원장이 나한테 그렇게 말했다. 네 엄마는 죽었다고. 그래서
나도 그렇게 알고 있었고."

"엄마는 그럼 지금 어디 계실까요?"

"모르지. 어쩌면 아주 가까운 데 있을지도."

예를 들면 우리집 마당이라든가.

*

녹음기를 틀어보니 며칠 사이 노래가 여러 곡 녹음돼 있다.
김추자와 조용필의 노래들이다. 박인수의 〈봄비〉도 있네. 봄비, 나를
울려주는 봄비. 언제까지 내리려나. 마음마저 울려주네 봄비.
왜 불렀을까.
모르겠다.
모르니까 화가 난다. 다 지워버리려 했지만 지우는 법을 몰라
내버려두었다.

*

낮잠을 자다가 눈을 떠보니 박주태가 머리맡에 앉아 있었다. 그는
내가 일어나지 못하도록 이마를 지그시 눌렀다. 박주태는 말했다.
내가 누구인지 안다고. 나는 물었다. 누구인지 안다는 게 무슨
뜻이냐고. 그는 말했다. 자기와 나는 같은 종자라고. 자기는 첫눈에
그걸 알아보았다고. 그리고 내가 자기를 알아보는 것도 자기는
대번에 눈치챘다고.

"나를 죽일 건가?"

그는 고개를 저었다. 더 재미있는 게임을 준비하고 있다고 말했다.
그러고는 문을 열고 방을 나갔다. 역시나 내 추측은 틀리지 않았다.
그런데 놈이 준비하고 있다는 게임이 뭘까.

*

수치심과 죄책감: 수치는 스스로에게 부끄러운 것이다. 죄책감은
기준이 타인에게, 자기 바깥에 있다. 남부끄럽다는 것. 죄책감은
있으나 수치는 없는 사람들이 있을 것이다. 그들은 타인의 처벌을
두려워하는 것이다. 나는 수치는 느끼지만 죄책감은 없다. 타인의
시선이나 단죄는 원래부터 두렵지 않았다. 그런데 부끄러움은
심했다. 단지 그것 때문에 죽이게 된 사람도 있다—나 같은 인간이
더 위험하지.
박주태가 은희를 죽이도록 내버려둔다면 그것은 수치스런 일이다.
나를 용서할 수 없을 것이다.

*

살아오면서 나는 많은 생명을 살렸다. 말 못 하는 짐승들이었지만.

*

정신을 차려보니 안형사가 앞에 있다. 그가 언제부터 우리 집
툇마루에 앉아 나와 얘기를 나누고 있었는지 전혀 기억이 나지
않는다. 그의 이야기가 이어지고 있다. 중간부터 보는 TV드라마
같다.

"……하필 그 가게라니요. 그러니 제가 환장을 하겠습니까, 안
하겠습니까?"

"무슨 가게 말씀이오?"

나는 그의 말을 끊고 물었다.

"담뱃가게 말입니다. 제가 늘 담배 샀다는 그 가게요."

"그 담뱃가게가 어쨌다는 거요?"

곰처럼 생긴 안형사의 눈길은 무심한 듯 날카롭다.

"정말 깜빡깜빡하시나보네…… 죽은 여자가 그 담뱃가게에서
일했다니까요."

이제 갈피가 잡힌다. 내 여덟번째 희생자는 흔히 말하는 담뱃가게
아가씨였다. 안형사가 거기 단골이었구나. 그런데 어쩌다 이야기가
여기로 흘러왔을까.

"그래서요?"

"그 아가씨가 지금도 꿈에 자꾸 나와요. 범인 좀 꼭 잡아달라고."

내가 말했다.

"꼭 잡으시오."

"잡을 겁니다."

안형사가 말했다.

"한데 요즘 활개 치는 연쇄살인범 잡는 게 더 급한 것 아니오?"

"그거야 합동수사본부에서 할 일이고요. 저는 한직이니 취미생활이나 하다 가야지요."

안형사는 주머니에서 담뱃갑을 꺼낸다.

"몸에 나쁜 이 담배가 치매에는 좋다더군요."

변명처럼 뇌까리며 담배를 꺼내 물었다.

"나도 담배나 배워둘걸 그랬소."

안형사가 담배 한 대를 뽑아 내밀었다.

"한 대 하시겠습니까?"

"할 줄 모르오."

안형사의 담배연기가 기둥을 핥으며 위로 올라간다.

"설마 한 번도 안 태워보신 건 아니겠죠? 근데 저 개가 사람을 잘 따르는군요. 저놈 이름이 뭡니까?"

그가 쫑쫑 소리를 내며 개를 유인한다. 잡종의 누렁이는 일정 거리 이상으로는 가까이 다가오지 않으면서 꼬리를 흔들어댄다.

"우리집 개가 아닌데…… 대문을 닫아놓든지 해야지 아무 놈이나 막 드나들고."

"전에도 있던데요. 이 집 개 아니에요?"

"못 보던 놈이 요즘 들어 들락거린다니까요. 저리 가."

"놔두세요. 얌전한 놈인데요. 근데 입에 물고 있는 게 뭡니까?"

"소 뼉다구지. 아랫집에서 늘 곰탕을 끓이고 있으니 그 집에서
물어왔을 테지. 냄새가 얼마나 고약한지. 어떻게 인간이 주야장천
곰탕만 먹고 살 수 있는지…… 그런데 형사 양반이 찾는 그 범인은
왜 지금껏 안 잡혔을까? 혹시 벌써 죽은 것 아니오?"
지나가는 말처럼 물었다.
"그럴 수도 있지요. 하지만 마음 편히 살지는 못했을 겁니다. 저만
해도 이렇게 꿈자리가 뒤숭숭한데, 사람을 그렇게나 많이 죽인 놈이
발 뻗고 잤을 리가 없지요. 죽었더라도 온갖 고약한 병은 다 걸려서
고생깨나 했을 겁니다. 스트레스가 만병의 근원이라지 않습니까."
"혹시 그게 치매에도 영향이 있으려나?"
"뭐가요? 살인이요?"
안형사의 눈이 번뜩인다. 나는 손사래를 쳤다.
"아니, 스트레스 말이오."
"아무래도 관계가 없지는 않겠죠."
"스트레스 없는 사람이 어디 있을까. 그런 게 다 인생의……"
그다음 말이 떠오르지 않아 한참을 멍하니 있었다. 안형사가
조심스럽게 말을 이었다.
"……활력소?"
"그렇소. 인생의 활력소 아니오."
우리는 괜히, 함께 웃었다. 하하하, 하하하, 하하하. 누렁이가 몸을
낮추고 멍, 하고 짧게 우리를 향해 짖었다.

*

모든 것이 뒤섞이기 시작했다. 글로 적었다고 생각했는데 막상 보면
아무것도 안 적혀 있다. 녹음했다고 생각한 말이 글로 적혀 있다.
그 반대도 있다. 기억과 기록, 망상이 구별이 잘 안 된다. 의사가
음악을 들어보라고 했다. 그의 추천에 따라 집에서 클래식을 듣기
시작했다. 무슨 효과가 있을지. 새로운 약도 처방해주었다.

*

며칠 사이 증세가 많이 호전됐다. 새로 처방받은 약 때문인가.
기분이 좋아지면서 밖에 나가고 싶어졌다. 자신감이 많이 붙었다.
흐리멍텅하기만 하던 머리도 맑아지고 기억력도 다시 좋아진
것 같다. 의사와 은희의 의견도 그랬다. 치매는 노년기 우울증을
동반하는 경우가 많은데, 우울증 자체가 치매를 악화시키는
요인이기도 하다고. 그러니 우울증이 개선되면 치매도 느리게
진행하거나 일시적으로 호전된 것처럼 보이기도 한다고 의사가
설명했다.
오랜만에 자신감이 샘솟는 걸 느낀다. 뭐든지 할 수 있을 것만 같다.
이렇게 정신이 또렷할 때 미뤄뒀던 그 일을 해야겠다.

*

여성의 사체 한 구가 더 발견됐다. 이번에도 농로의 배수관이었다.

피해자를 결박한 방식이며 유기한 장소까지 수법이 똑같다.

검문검색이 강화되고 경찰들이 들개 떼처럼 몰려들어 법석을 떤다.

*

문득 그런 생각이 든다. 내가 박주태를 질투하고 있을지도 모른다는.

*

설령 붙잡힌다 해도 처벌받지 않을 것이라는 점에 대해서
가끔 생각한다. 이상하다. 좋아야 하는데 별로 좋지가 않다.
인간사회로부터 정말 철저하게 버림받은 것 같은 기분. 나는
철학은 모른다. 내 안에는 짐승이 산다. 짐승에게는 윤리가 없다.
윤리가 없는데 왜 이런 감정을 느낄까. 늙어서일까. 내가 지금까지
붙잡히지 않은 것은 운이 좋아서일지도 모른다. 그런데 왜 나는
전혀 행복하지 않을까. 그런데 행복이라는 것은 또 무엇인가.
살아 있다고 느끼는 것, 그것이 행복 아닐까. 그렇다면 내가
가장 행복했던 때는 날마다 살인을 생각하고 그것을 도모하던
때 아니었을까. 그때 나는 바짝 조인 현처럼 팽팽했다. 그때도
지금처럼 오직 현재만이 있었다. 과거도 미래도 없었다.
몇 년 전, 치과에 갔다가 몰입의 즐거움 어쩌고 하는 책이 있기에
대충 읽었다. 저자는 몰입이 얼마나 중요한지, 그게 얼마나 큰
즐거움을 주는지에 대해 강조하고 있었다. 이보게, 저자 양반,
나 어릴 때만 해도 아이가 하나에만 몰입하면 어른들이 걱정을
했다네. 애가 외골수라며. 그때는 오직 미친 사람들만 한 가지에
몰입을 했지. 오래전의 내가 사람을 죽이는 일에 골몰하며 얼마나
깊이 몰입했는지, 거기에서 얼마나 큰 즐거움을 얻었는지를 당신이
안다면, 몰입이 얼마나 위험할 수 있는지를 안다면, 그 입을 다물
거야. 몰입은 위험한 거야. 그래서 즐거운 거고.

아무도 해치지 않고 살아온 지난 이십오 년의 삶, 하나도 기억이 나지 않는다. 진부한 일상에 또 일상. 엉뚱한 사람을 연기하며 너무 오래도록 살아왔다.

다시 몰입하고 싶다.

*

교통사고 직후 극심한 섬망을 겪었다. 뇌수술의 여파였을 것이다.
너무 심해서 간호사들이 내 팔다리를 침대에 묶어놓았다. 몸이 묶여
있으니 마음만 훨훨 날았다. 많은 꿈을 꿨다. 그때의 그 기이하도록
생생한 꿈 하나가 실제 경험한 것처럼 내 뇌리에 지금도 남아 있다.
몽중의 나는 회사원으로 세 아이의 아빠였다. 위로 딸이 둘, 막내는
아들이었다. 아내가 챙겨준 도시락을 들고 나는 관공서처럼 보이는
어떤 곳으로 출근을 했다. 모든 것이 정해진 안정된 삶의 그 달큰한
무료함. 내가 평생 한 번도 경험해보지 못한 감정이었다.
점심을 먹고 동료들과 당구를 치고 사무실로 돌아오니 직원이
아내에게서 전화가 왔다고 전해준다. 전화해보니 아내의
목소리는 다급하다. 여보, 여보, 여보를 외치는 소리, 살려달라는
말과 함께 전화가 끊긴다. 집으로 달려가면서 나는 뭔가 말을 하고
싶지만 아무 말도 내뱉을 수가 없다. 문을 열고 들어가보면 아내와
세 아이가 나란히 누워 있다. 그와 동시에 경찰이 들이닥쳐 내 손에
수갑을 채운다. 이건 뭘까. 내가 나를 잡으러 집으로 달려온 것일까?
섬망이 지나간 후, 그 꿈을 떠올릴 때마다 나는 어떤 상실감을
느끼게 된다. 그것은 과연 무엇으로부터의 상실이었을까.
잠깐이나마 경험했던 평범한 삶으로부터 추방된 것? 아내와
아이들을 잃은 것? 실제로 갖지도 않았던 것에 대해서 느끼는 이
상실감은 기묘하다. 그저 마취약의 효과로 인해 빚어진 착란에

불과하지 않은가. 나의 뇌는 그것을 구별할 수가 없단 말인가.

그런데 꿈속에서 경찰이 나를 체포하던 순간에 내가 느낀 안도감 또한 곱씹을 만하다. 그것은 오랜 여행 끝에 세상의 모든 좋은 것을 다 본 인간이 마침내 낡고 추레한 자기 집으로 돌아왔을 때 느낄 법한 감정이다. 나는 도시락과 사무실의 세계가 아닌 피와 수갑의 세계에 속해 있는 인간이다.

*

나는 잘하는 게 하나도 없었다. 오직 딱 한 가지에만 능했는데
아무에게도 자랑할 수 없는 성질의 것이었다. 얼마나 많은 사람들이
아무에게도 털어놓을 수 없는 자긍심을 가지고 무덤으로 가는
것일까.

*

약을 먹어야 인지능력의 감퇴를 지연시킬 수 있다는데, 약을 먹는 일을 자꾸만 잊어버리니 이런 딜레마가 있나. 달력에 점을 찍으며 약 먹는 것을 챙기지만 가끔은 달력에 찍힌 그 점이 무엇인지 몰라 한참을 멍하니 달력만 보고 서 있다.

아주 오래전에 들은 썰렁한 농담이 하나 기억난다. 갑자기 정전이 되자 아버지가 아들더러 초를 꺼내오라고 했다.

"아빠, 어두워서 도저히 초를 찾을 수가 없어요."

"이 바보야, 불을 켜고 찾으면 되잖아."

나와 약의 관계가 이런 식이다. 약을 먹으려면 기억력이 필요한데 그게 없으니 약을 찾아 먹지를 못한다.

*

사람들은 악을 이해하고 싶어한다. 부질없는 바람. 악은 무지개 같은 것이다. 다가간 만큼 저만치 물러나 있다. 이해할 수 없으니 악이지. 중세 유럽에선 후배위, 동성애도 죄악 아니었나.

*

작곡가가 악보를 남기는 까닭은 훗날 그 곡을 다시 연주하기
위해서일 것이다. 악상이 떠오른 작곡가의 머릿속은 온통
불꽃놀이겠지. 그 와중에 침착하게 종이를 꺼내 뭔가를 적는다는
게 쉬운 일은 아닐 거야. 콘 푸오코con fuoco —불같이, 열정적으로—
같은 악상기호를 꼼꼼히 적어넣는 차분함에는 어딘가 희극적인
구석이 있다. 예술가의 내면에 마련된 옹색한 사무원의 자리.
필요하겠지. 그래야 곡도, 작곡가도 후대에 전해질 테니까.
악보를 남기지 않는 작곡가도 어딘가엔 있겠지. 절륜한 무예를
아무에게도 전수하지 않고 제 몸 하나 지키다 죽은 강호의 고수도
있었을 것이다. 희생자의 피로 쓴 시, 감식반이 현장이라고 부르는
나의 시들은 경찰서 캐비닛에 묻혀 있고.

미래 기억에 대해 자꾸만 생각하게 된다. 왜냐하면 지금의 내가
잊지 않으려 노력하는 게 바로 미래이기 때문이다. 수십 명을
살해한 과거는 잊어도 좋다. 나는 오랫동안 살인과는 상관없는
삶을 살아왔다. 그러니 아무래도 좋은 일이다. 그러나 미래, 즉 나의
계획을 잊어서는 안 된다. 나의 계획: 나는 박주태를 죽일 것이다.
이 미래를 잊는다면 은희는 그놈 손에 처참하게 살해될 것이다.
그런데 알츠하이머에 걸린 내 뇌는 반대로 작동하고 있다. 오래전
과거는 생생하게 보존하면서 미래는 한사코 기록하지 않으려 한다.
마치 내게 미래라는 것은 존재하지 않는다고 거듭하여 경고하는
것처럼 느껴진다. 그런데 계속 생각하다보니 미래라는 것이 없으면
과거도 그 의미가 없을 것만 같다.

오디세우스의 여행을 생각해봐도 그렇다. 오디세우스는 귀환을
시작하자마자 연을 먹는 사람들의 섬에 기착한다. 사람들이
친절하게 권한 연 열매를 먹고 나자 그는 고향으로 돌아가야 한다는
것을 잊어버린다. 그뿐만 아니라 부하들도 모두 잊어버린다.
무엇을? 귀환이라는 목적을 잊어버린다. 고향은 과거에 속해
있지만 그곳으로 돌아간다는 계획은 미래에 속한다. 그후로도
오디세우스는 거듭하여 망각과 싸운다. 세이렌의 노래로부터도
달아나고 그를 영원히 한곳에 붙들어두려는 칼립소로부터도
탈출한다. 세이렌과 칼립소가 원했던 것은 오디세우스가 미래를

잊고 현재에 못박히는 것이었다. 그러나 오디세우스는 끝까지 망각과 싸우며 귀환을 도모했다. 왜냐하면 현재에만 머무른다는 것은 짐승의 삶으로 추락하는 것이기 때문이다. 기억을 모두 잃는다면 더는 인간이랄 수가 없다. 현재는 과거와 미래를 연결하는 가상의 접점일 뿐, 그 자체로는 아무것도 아니다. 중증 치매 환자와 짐승이 뭐가 다를까. 다른 것이 없다. 먹고 싸고 웃고 울고, 그러다 죽음에 이르는 것이다. 오디세우스는 그것을 거부했던 것이다. 어떻게? 미래를 기억함으로써, 과거를 향해 나아가겠다는 계획을 포기하지 않음으로써.

그렇다면 박주태를 죽이겠다는 나의 계획도 일종의 귀환이 되는 셈이다. 내가 떠나왔던 그 세계, 연쇄살인의 시대로 돌아가려는, 그리하여 과거의 나를 복원하려는 것일지도 모른다. 미래는 이런 식으로 과거와 연결되어 있다.

오디세우스에게는 애타게 그를 기다리는 아내가 있었다. 내 어두운 과거 속에서 나를 기다리는 이는 누구인가? 내 손에 죽은 자들, 대숲 아래 잠든 채 바람 거센 밤마다 웅성대는 그들일까. 아니면 내가 잊어버린 그 누군가일까.

*

아무래도 뇌수술을 하면서 의사가 뭔가를 내 머릿속에 심어놓은
것 같다. 그런 컴퓨터도 있다고 들었다. 버튼만 누르면 모든 기록을
지우고 자폭해버리는.

*

은희가 또 집에 들어오지 않았다. 벌써 며칠 된 건가? 잘 모르겠다.
혹시 놈에게 벌써 당한 건 아니겠지? 은희는 전화도 받지 않는다.
이러고 있을 때가 아닌데 자꾸만 깜빡깜빡한다. 마음이 급해진다.

*

잠이 오지 않아 밖으로 나오니 밤하늘엔 별들이 찬란하다. 다음
생에는 천문학자나 등대지기로 태어나고 싶다. 돌이켜보면
인간이라는 존재를 상대하는 일이 제일 힘들었다.

*

모든 준비를 마쳤다. 이제 무대에 오르기만 하면 된다. 팔굽혀펴기 백 회를 했다. 근육들이 팽팽하고 단단하다.

*

꿈에 아버지를 보았다. 벌거벗고 목욕을 가고 있었다. 아버지, 왜 다 벗고 목욕을 가세요? 내가 묻자 아버지는 말한다. 어차피 벗을 것 아니냐. 미리 벗고 가는 게 편하다. 듣고 보니 맞는 말 같았다. 그래도 뭔가 이상해 아버지에게 다시 물었다. 그런데 왜 다른 사람들은 옷을 입고 목욕을 하러 가요? 아버지가 대답했다. 우린 다른 사람들과 다르지 않니.

*

아침에 일어나니 온몸이 뻐근했다. 아침을 차려 먹고 체조를 했다.
따갑고 쓰라려 살펴보니 손과 팔에 가벼운 상처가 나 있었다.
약상자를 찾아 연고를 발랐다. 방바닥이 버석버석한 것이 모래도
밟혔다. 간밤에 무슨 일이 있었던 걸까. 전혀 기억이 나지 않는다.
녹음기를 틀어봐도 아무것도 녹음돼 있지 않다. 분명 어딘가를
나갔다 왔으나 녹음기를 챙겨가지 않았던 모양이다. 몽유병자가
된 기분이다. 혹시 밤새 박주태를 해치우고 온 것일까. 어제 쓴
기록을 보니 "모든 준비를 마쳤다. 이제 무대에 오르기만 하면 된다.
팔굽혀펴기 백 회를 했다. 근육들이 팽팽하고 단단하다"고 적혀
있다.

텔레비전을 틀어봐도 별다른 게 없다. 뉴스에도 살인사건 얘기는
없다. 올여름이 유난히 더울 것이라는 기사만 줄을 잇는다. 죽일
놈들. 저런 기사는 오뉴월이면 매년 나온다. '올여름 유난히 덥다.'
다 에어컨을 팔아먹으려는 수작이다. 초겨울에는 또 이런 기사가
매년 난다. '올겨울 유난히 춥다.' 그 기사들이 다 진짜였으면 지금쯤
지구는 한증막이나 냉동고가 됐을 것이다.

나는 하루종일 뉴스를 본다. 박주태의 시체가 아직 발견되지
않은 모양이다. 현장 주변을 어슬렁거리는 것은 위험하니 가볼
수도 없다. 시체가 있기는 있을까. 흙이 팔뚝에 말라붙어 있는
것을 보니 어딘가에 파묻은 것 같기도 한데 기억이 나지 않으니

정말 답답하다. 만약 은희가 놈의 시체를 발견하게 된다면 어떤
표정을 지을까. 그후엔 어떻게 행동할까. 내가 자기를 위해 그토록
힘들고 어려운 일을 해냈다는 것을 먼 훗날에라도 알게 될까.
경찰은 어떨까. 박주태가 이 동네를 공포의 도가니로 몰아넣은
연쇄살인범이라는 것도 밝혀내게 될까. 그것까지는 기대하기
어렵겠지.

나는 샤워를 했다. 몸을 꼼꼼하게 씻은 후 입고 있던 옷은 불태웠다.
방을 진공청소기로 깨끗이 청소한 다음 먼지통에서 나온 것들도
모두 태워버렸다. 먼지통은 락스를 풀어 깨끗이 씻어 말렸다. 문득
자문했다. 이 모든 짓이 무슨 의미가 있는가? 나는 어차피 기억을
잃을 것이 아닌가. 설령 검거된다 해도 늘 환상 속에서만 보던
감옥을 잠깐이나마 보게 될 것 아닌가. 그게 뭐가 나쁘지? 잠시 이
어지러운 흙의 세계를 떠나 엄정한 사각틀로 구획된 철의 세계로
떠나는 것이.

*

오늘은 내내 베토벤 피아노협주곡 5번 〈황제〉를 들었다.

*

언젠가 신문에서 본 얘기: 말기 위암 환자가 중환자실에서 경찰을
불러달라고 했단다. 그는 십 년 전에 저지른 살인사건을 자백했다.
그는 동업자를 납치해 죽였다. 경찰이 야산에서 유골을 찾아냈다.
돌아와보니 범인은 혼수상태로 죽음을 목전에 두고 있었다. 그는
극심한 육체적 고통에 죄책감까지 겪어야 했다. 세상 사람들은
그를 용서했다. 누가 봐도 그는 자신의 죗값을 치르고 있는 것처럼
보였을 것이다. 그런데 세상이 나도 용서할까? 아무 고통 없이
망각의 상태로 들어가 자기 자신이 누구인지조차 잊어버리게 될
연쇄살인범에게 세상은 뭐라고 할까?

*

오늘은 정신이 너무 또렷하다. 내가 알츠하이머라는 것은 정말
사실일까.

*

은희는 왜 집에 들어오지 않을까. 전화도 받지 않는다. 혹시 내가
누구인지 알아버린 것일까. 그럴 리가 있나.

*

대숲을 산책한다. 파릇한 죽순들이 쑥쑥 자라고 있다. 죽순과
관련해 뭔가가 떠오를 듯하다가 그냥 뇌리에서 사라진다. 하늘을
본다. 댓잎들이 으스스스 소리를 내며 바람에 부대낀다. 마음이
평온해진다. 누구네 대숲인지 모르겠지만 참 좋다. 동네를 한
바퀴 돌아봤다. 뭔가 찾아야 한다는 생각이 들긴 했는데 그게
뭔지 떠오르지가 않았다. 노트를 펼쳤다. 박주태와 그의 지프에
대해 쓰여 있었다. 놈이 얼마나 자주 내 주변에 출몰하며 나를
감시했는지도 적혀 있다. 나는 다시 동네를 한 바퀴 돌았다.
박주태도, 그의 사냥용 지프도 보이지 않는다. 아무래도 놈은 내
손에 죽은 게 분명한 것 같다. 젊은 놈을 꺾었다는 것에 자부심도
느껴지지만 전혀 기억할 수 없다는 점에서 허망하기 이를 데 없다.
나는 원래부터 트로피를 모으는 습관은 없었다. 내 기억 속에
차곡차곡 선명하게 기록할 수 있다고 믿었기 때문이다. 사실 기억할
수가 없다면 희생자의 반지나 머리핀 같은 트로피가 무슨 소용이랴.
어디에서 왔는지도 모를 텐데.

*

툇마루에 앉아 땅거미가 마을 어귀로 내려앉는 것을 바라보았다.
생이 이렇게 끝나는 걸까.

*

들개들은 땅굴을 파고 들어간다. 길이 든 개들도 들개가 되면 바로
늑대처럼 행동한다. 달을 보고 짖고 구덩이를 파고 엄격한 사회
생활을 한다. 임신에도 순서가 있어서 대장 암컷만 새끼를 밸 수
있다. 서열이 낮은 암컷이 어쩌다 새끼를 배기라도 하면 다른
암컷들이 공격해 죽어버린다. 누렁이가 며칠째 마당을 파헤치더니
오늘은 뭔가를 입에 물고 다닌다. 누구 집 개인지도 모를 저놈의
똥개, 오늘은 또 어디서 뭘 물고 왔나. 막대기를 들고 냅다 후려치니
꼬리가 빠져라 달아난다. 흙이 잔뜩 묻은 그 허여멀건 것을
막대기로 뒤집어 살폈다.

여자의 손이다.

*

박주태가 살아 있거나 내가 잘못 짚었거나, 둘 중의 하나다.

*

아직도 은희는 전화를 받지 않는다.

*

치매 환자로 산다는 것은 날짜를 잘못 알고 하루 일찍 공항에
도착한 여행자와 같은 것이다. 출발 카운터의 항공사 직원을
만나기 전까지 그는 바위처럼 확고하게 자신이 옳다고 믿는다.
태연하게 카운터로 다가가 여권과 항공권을 내민다. 직원이 고개를
갸웃거리면서 죄송하지만 하루 일찍 오셨다고 말한다. 하지만 그는
직원이 잘못 봤다고 생각한다.

"다시 한번 확인해주시오."

다른 직원까지 가세해 그가 날짜를 잘못 알았다고 말한다. 더이상은
우길 수가 없게 된 그는 실수를 인정하고 물러난다. 다음날 그가
다시 카운터에 가서 탑승권을 내밀면 직원은 똑같은 대사를
반복한다.

"하루 일찍 오셨네요."

이런 일이 매일같이 반복된다. 그는 영원히 '제때'에 공항에
도착하지 못한 채 공항 주변을 배회하게 된다. 그는 현재에 갇혀
있는 게 아니라 과거도 현재도 미래도 아닌 그 어떤 곳, '적절치 못한
곳'에서 헤맨다. 아무도 그를 이해해주지 않는다. 외로움과 공포가
점증해가는 가운데 그는 이제 아무것도 하지 않는 사람, 아니
아무것도 할 수 없는 사람으로 변해간다.

*

멍하니 길가에 차를 세워놓고 있었다. 왜 거기 서 있는지 알 수
없었다. 경찰차가 뒤에 와서 섰다. 젊은 경찰관이 창문을 노크했다.
낯선 얼굴이다.

"여기서 뭐하세요?"

경찰이 물었다.

"나도 모르겠소."

"어르신, 집이 어디세요?"

나는 주섬주섬 자동차등록증을 꺼내 보여주었다.

"면허증도 주세요."

나는 시키는 대로 했다. 경찰관은 나를 빤히 내려다보며 물었다.

"무슨 일로 여기까지 오셨어요, 이 밤중에?"

"모른다니까요."

"저 따라오세요. 운전은 하실 수 있죠?"

경광등을 켜고 선도하는 경찰차를 따라 마을로 돌아왔다. 집에
도착해서야 알았다. 내가 은희를 찾아 박주태의 집으로 가던
중이었다는 것을. 목이 말라 냉장고를 열었다. 비닐봉지에 들어
있는 손이 보인다. 저것은 정말 은희의 손일까? 아아, 어쩐지 저것은
은희의 손일 것만 같다는 생각을 지울 수가 없다. 아니면 저게
왜 나에게 왔겠는가. 박주태가 살아서 대담하게도 내게 저것을
보낸 것이다. 놈은 내게 게임을 제안하고 있다. 그런데 나는 그의

172

집에 닿을 수조차 없다. 아니, 설령 그의 집으로 쳐들어간다 해도 그를 이기지 못할 것이 분명하다. 이렇게 그놈이 나를 조롱하도록 내버려둘 수밖에 없다는 절망으로 온몸이 떨린다.

나는 온 방을 헤집으며 찾기 시작했다. 안형사가 내게 남기고 간 명함을. 그리고 전화를 건다. 이제 나는 잃을 것이 없으므로 그 어떤 것도 두렵지 않다. 그런데 아무리 뒤져봐도 안형사의 명함을 찾을 수가 없다. 하는 수 없이 나는 112로 전화를 건다. 그리고 말한다. 아무래도 내 딸이 살해당한 것 같다고, 그리고 범인이 누구인지도 알 것 같다고, 되도록 빨리 와달라고, 내 기억이 사라지기 전에.

오이디푸스는 길을 가다 홧김에 사람을 죽였다. 그리고 잊어버렸다.
처음 읽고는 좀 대단하다고 생각했다. 잊어버리다니.
나라에 역병이 창궐하자 왕이 된 그는 신들을 분노케 한 범인을
찾아내라는 명령을 내린다. 그런데 채 하루도 지나기 전에
그 범인이 자기라는 것을 알게 된다. 그 순간 그가 느낀 것은
수치였을까, 죄책감이었을까. 어머니와 동침한 것은 수치요,
아버지를 죽인 것은 죄책감이었겠지.
오이디푸스가 거울을 보면 내 모습이 거기 있을 것이다. 닮았지만
좌우가 뒤집혀 있다. 그는 나와 같은 살인자였지만 자기가 죽인
사람이 아버지인지도 몰랐고 나중엔 그 행위마저도 잊어버렸다.
그러다 자신이 저지른 일을 자각하면서 자멸한다. 나는 처음부터
내가 아버지를 죽인다는 것을, 죽이게 되리라는 것을 알고 있었다.
후에 잊은 적도 없다. 나머지 살인들은 첫 살인의 후렴구였다. 손에
피를 묻힐 때마다 첫 살인의 그림자를 의식했다. 그러나 인생의
종막에 나는 내가 저지른 모든 악행을 잊게 될 것이다. 그리하여
나는 스스로를 용서할 필요도, 능력도 없는 자가 된다. 절름발이
오이디푸스는 늙어서 비로소 깨달은 인간, 성숙한 인간이 되지만
나는 어린아이가 된다. 아무도 책임을 물을 수 없는 유령으로
남으리라.
오이디푸스는 무지에서 망각으로, 망각에서 파멸로 진행했다. 나는

정확히 그 반대다. 파멸에서 망각으로, 망각에서 무지로, 순수한
무지의 상태로 이행할 것이다.

*

사복을 입은 형사들이 대문을 두드렸다. 나는 옷을 차려입고 밖으로
나가 문을 열어주었다.

"신고를 받고 오셨소?"

"그렇습니다. 김병수씨 되십니까?"

"맞습니다."

나는 비닐봉지에 든 손을 그들에게 건네주었다.

"이걸 개가 물고 왔다고요?"

"그렇소."

"그럼 저희가 이 일대를 좀 수색해도 되겠습니까?"

"여길 수색할 필요는 없지. 범인을 잡아야지."

"범인이 누군데요? 알고 계십니까?"

"박주태라는 놈이오. 이 일대에서 사냥을 다니는
부동산업자인데……"

형사들이 피식거리며 웃는 소리가 들렸다. 그들 뒤에서 한 남자가
불쑥 앞으로 나섰다.

"저 말씀이십니까?"

박주태였다. 그가 그들과 함께 있었다. 다리에 힘이 풀렸다. 나는
그들을 둘러보았다. 모두 한패인 건가. 나는 박주태를 가리키며
외쳤다.

"저놈을 잡으시오."

박주태는 웃었다. 뜨끈한 것이 허벅지를 타고 흘러내린다. 이게
뭘까.

"노인네 오줌 싼다."

형사들이 웃음을 참지 못하고 키득거렸다. 나는 부들부들 떨며
툇마루에 주저앉았다. 열린 대문 사이로 셰퍼드 한 마리가
들어섰다.

"영장 제시해. 알아볼 수 있을지는 모르겠지만."

가죽점퍼를 입은 초로의 형사가 지시를 내리자 더 젊은 형사가
종잇장을 내 면전에 들이밀었다.

"자, 영장 보셨죠? 수색합니다."

셰퍼드가 마당 한구석에서 코를 킁킁거리더니 짧게 세 번을 짖었다.
제복을 입은 경찰들이 삽을 들고 파들어갔다.

"어, 나온다."

"그런데 좀 이상한데요?"

경찰들이 찾아낸 것은 한눈에 봐도 어린아이의 유골이다. 오래전에
묻힌 것이 분명한, 백골이다. 경찰들이 술렁거린다. 대문 밖에는
주민들도 몰려와 있다. 정복 경찰들이 폴리스라인을 쳤다. 경찰들은
당황하고 있는 것 같기도 하고 흥분한 것 같기도 하다. 잘 모르겠다.
나는 늘 사람들의 표정을 읽는 데 서툴렀으니까. 그런데 저 아이는
누구지? 오래전에 묻혔다는데 왜 기억에 없지? 그리고 박주태는 왜
경찰과 함께 있는 걸까.

*

나는 갇혀 있다. 형사들이 자꾸 찾아온다. 그들은 자꾸 '어제'를
언급하는데 나는 그들을 '어제' 만난 기억이 없다. 늘 오늘 취조가
처음이라는 생각이 든다. 그래서 나는 늘 처음부터 이야기를
시작한다. 내가 얼마나 많은 사람을 죽였는지, 그런데도 어떻게
체포되지 않았는지. 나는 어떤 시를 썼으며 왜 시 강사를 죽이지
않았는지. 니체와 호메로스와 소포클레스에 대해, 그들이 얼마나
인간의 삶과 죽음에 대해 날카롭게 통찰하고 있었는지.

그러나 형사들은 그 얘기는 듣고 싶어하지 않는 것 같다. 그들은
나의 자랑스러운 과거와 철학에는 관심이 없는 것 같다. 그들은
내가 은희를 죽였다고 믿고 있고, 거기에만 집중하고 있다. 나는
박주태가 죽였을 거라고 말한다. 그가 은희와 만나고 있었다고.
내가 그의 차를 들이받은 후에, 그의 차에서 피가 뚝뚝 떨어지는
것을 발견한 뒤에 내 주변을 맴돌고 있었다고.

"그 사람은 경찰인데?"

눈앞의 형사는 입가를 일그러뜨리며 웃었다. 나는 항변한다. 경찰은
사람을 못 죽이는가. 그는 선선히 고개를 끄덕인다.

"죽일 수 있죠. 그런데 이번에는 아닌 것 같은데요."

나는 안형사를 찾는다. 어쩌면 그라면 내 말을 믿어줄 것 같기도
하다. 형사는 이번에도 가차없이 고개를 젓는다. 안형사라는 사람을
모른다는 것이다. 나는 그의 인상착의에 대해, 말버릇에 대해, 나와

나눈 이야기에 대해 상세하게 서술한다. 형사 하나가 말한다.

"가까운 과거는 하나도 기억을 못 하신다는 분이 안형사라는 양반에 대해서는 어떻게 그렇게 상세하게 기억하십니까?"

맞는 말 같은데 왜 화가 날까.

*

평행우주로 보내진 것 같다. 이 우주에서 박주태는 경찰이고
안형사는 없고 나는 은희의 살해범이다.

또 형사가 찾아온다. 그는 나에게 거듭하여 묻는다.

"김은희씨 왜 죽였습니까?"

"내 딸을 죽인 것은 박주태요."

내 말을 들은 초로의 형사가 좀더 젊은 형사 쪽으로 몸을 기울이며 말한다. 마치 내가 거기 존재하지 않는 것처럼.

"이거 무슨 의미가 있나. 이런 조사가."

"그래도 조서는 남겨야죠. 다 쇼인지도 몰라요."

젊은 형사가 더이상은 못 참겠다며 나에게 말한다.

"아저씨, 김은희씨는 아저씨 딸이 아니잖아요. 요양보호사잖아요. 치매 노인 찾아가서 간병하고 도와드리는 재가 요양보호사."

요양보호사라는 말의 뜻을 나는 알지 못한다. 초로의 형사가 언성이 높아지는 젊은 형사를 제지한다.

"혈압 올라가. 그만해. 말해 무슨 소용이야."

*

혼돈이 나를 지켜보고 있다.

*

신문에서 내 얘기를 발견했다. 찢어서 간직했다.

"……평소 결근을 거의 하지 않던 김씨가 사흘이나 결근하고
연락도 닿지 않은 점을 이상히 여긴 가족들이 김씨의 신변에
이상이 생겼음을 직감하고 경찰에 신고했다고 덧붙였다. 김씨
주변을 탐문하던 경찰은 김씨가 평소 재가 요양보호사로 치매
노인을 돌봐왔다는 점에 주목하고 김씨가 방문하던 가구를
중심으로 수사를 벌인 끝에 김병수(70)를 유력한 용의자로
보고 법원으로부터 수색영장을 발부받아 집 안팎을 수색,
살해된 김씨의 사체와 김씨의 사체에서 분리된 것으로 보이는
신체 일부를 수거했다. 이에 앞서 경찰은 김씨의 사체 외에
어린아이의 유골도 발굴한 것으로 알려졌다. 경찰은 유골의 상태로
미루어볼 때 이미 오래전에 살해돼 암매장된 것으로 추정하면서
국립과학수사연구소의 감식 결과가 나오는 대로 이 유골에 대한
수사도 계속할 방침이라고 밝혔다. 한편 용의자 김병수의 전과는
없으며 현재 중증의 알츠하이머를 앓고 있는 것으로 알려져 기소와
공소 유지 여부에 촉각이 쏠리고 있다."

*

TV 뉴스에 자꾸 내가 나온다. 사람들은 은희가 내 딸이라는 것을
믿지 않는다. 모두가 저렇게 얘기하니까 내가 틀린 것 같기도 하다.
그들은 은희가 요양보호사로 성실히 일해왔으며, 치매를 앓고 있는
독거노인들을 헌신적으로 돌봐왔다고 말했다. 동료 요양보호사들이
눈물을 흘리며 은희의 장례식을 치르는 장면이 거듭하여 나왔다.
그들이 너무 슬피 울어 하마터면 나조차도 은희가 내 딸이 아니라
요양보호사라는 말을 믿을 뻔했다. 경찰은 내 집 주변을 샅샅이
파헤치고 있다. 유전자 검사, 악마 같은 단어들이 흘러간다. 형사를
불러 이제 집 마당은 그만 파고 대나무숲을 파보라고 일렀다.
형사가 긴장된 얼굴로 나갔다. 그때부터는 TV에 대숲이 나오기
시작했다. 언제나 영롱한 댓잎의 노래를 들려주던 나의 대숲이.
"이건 뭐, 그냥 공동묘지네, 공동묘지야."
방수포에 싸인 유골들이 줄줄이 산을 내려오는 것을 보고 동네 사람
하나가 말했다.

*

이해가 안 되는 일들이 끝도 없이 이어진다. 비슷한 상황에서
비슷한 일이 계속 반복되고 나는 정신을 차릴 수가 없다. 이젠
아무것도 기억할 수가 없다. 여기는 펜도, 녹음기도 없다. 다
빼앗아간 것 같다. 겨우 분필을 하나 구해 벽에다 하루하루를
기록하고 있다. 이런 기록을 하면 뭐하나 하는 생각도 든다. 모든 게
뒤죽박죽인데.

*

현장검증에 끌려나갔지만 나는 아무것도 하지 않았다, 아니 할 수
없었다. 기억하지도 못하는 일을 어떻게 재연한단 말인가. 동네
사람들이 내게 뭔가를 던졌다. 짐승만도 못한 놈이라고 했다.
날아온 병이 내 이마를 때렸다. 아팠다.

*

박주태가 나를 찾아왔다. 박주태를 볼 때마다 정말 혼란스럽다.
박주태는 오랫동안 내 주변을 맴돈 것은 사실이라고 말했다. 그는
일대에서 일어난 연쇄살인에 혹시 내가 관련되어 있지 않은지
의심했었다고 한다. 박주태가 자리에 앉자마자 심리학자가 들어와
그의 옆에 앉았다. TV에 나와 연쇄살인범의 심리가 어쩌고 떠들던
사람 같기도 하고 아닌 것 같기도 하다.

박주태가 물었다.

"제가 경찰대 학생들과 같이 찾아간 것은 기억합니까?"

"그건 안형사였는데."

"안형사라는 사람은 없습니다. 제가 학생들을 데려갔지요."

나는 그럴 리가 없다고 강하게 부정했다. 박주태가 심리학자를
돌아보았다. 그들이 미소를 교환하는 것을 나는 놓치지 않았다.

"아니야. 당신은 은희와 왔었지. 은희와 결혼을 하겠다고 했잖아."

"김은희씨를 만나기는 했었죠. 늘 그 집을 드나드니 몇 가지 물어볼
것이 있었죠."

"내가 차를 들이받았잖소. 당신 지프를. 그건 어떻게 된 거요?"

"그런 일은 없었을 겁니다. 저는 아반떼를 몹니다."

"그럼 사냥도 안 한단 말이오?"

"안 합니다."

대화가 길어질수록 혼란은 더 심해진다. 나는 마지막으로 묻는다.

"연쇄살인은 끝났소?"

"아직은 모르죠. 좀더 두고 보면 알게 되겠죠."

심리학자와 박주태는 의미심장한 미소를 교환하더니 나를 버려둔 채 밖으로 나갔다.

*

어떤 날은 정신이 또렷하고 어떤 날은 멍하다.

*

"억울합니까?"

형사가 묻고 있다. 나는 고개를 젓는다.

"누명을 쓰고 있다고 생각합니까?"

그 말이 나를 좀 웃겼다. 형사는 나를 과소평가하고 있다. 그게 가장 기분이 나쁘다. 제때 붙잡히기만 했더라면 나는 이보다 더한 처벌을 받았을 사람이다. 박정희 정권이었다면 나를 당장 교수대에 매달거나 전기의자에 앉혔을 것이다.

나는 은희의 엄마를 죽였다. 집으로 가 먼저 은희의 아빠를 죽인 후에 퇴근하는 은희 엄마를 납치해 죽였다. 어린 은희는 어린이집에 있어 내 손길을 피할 수 있었다. 그 장면들 하나하나는 지금도 선명하게 기억난다. 그런데 은희의 죽음은 아무것도 기억나지 않는다. 그런데도 경찰들은 내 집에서 살해와 암매장에 사용된 물건들을 다수 찾아낸 모양이다. 내가 미처 정리하지 못한 물건들이 뒤꼍에 있었던 모양이다. 그 물건들에는 모두 내 지문이 묻어 있다고 한다. 그들이 나를 잡기로 마음을 먹었는데 무엇을 못 하랴. 너무 많은 그림을 그려 화가 자신도 위작 여부를 판단할 수 없는 경우가 있다고 들었다. 화가는 위작이라고 주장하면서 이렇게 말했다고 한다.

"내가 그렸음 직한 그림이지만 그린 기억은 전혀 없소."

화가는 결국 소송에서 패소했다. 내가 바로 그런 심정이었다. 나는 형사에게 말했다.

"내가 저질렀음 직한 일이오. 그러나 기억은 없소."

형사는 기억을 해보라고 나를 다그쳤다. 사람을 죽이고도 기억이 안 난다는 게 말이 되냐고 따졌다. 나는 그의 손을 잡았다. 그는 내 손을 뿌리치지 않았다. 나는 그의 눈을 바라보며 말했다.

"당신은 이해를 못 해. 누구보다 그 장면을 기억하고 싶은 게 바로 나라는 것을. 형사 양반, 나도 기억을 하고 싶다고. 왜냐하면 나한테는 너무 소중한 것이니까."

*

사람들은 은희와 관련된 내 기억을 모두 부정하고 있다. 아무도 내 편이 없다. TV에서도 나를 "수의사로 일하다 은퇴한 이후로는 평소 주민들과 접촉이 거의 없는 은둔형 외톨이였으며, 찾아오는 가족도 전혀 없었다"고 말한다.

"그럼 개는 있었소? 누렁이 말이오."

하루는 형사에게 이렇게 물어보았다.

"개요? 아, 그 개. 개는 있었죠. 그 개가 마당을 파헤쳤잖아요."

누렁이는 있었다니 조금 안심이 된다.

"그 개는 지금 어떻게 됐소? 주인들이 다 이렇게 됐는데."

"주인들이라니요. 아저씨 혼자인데. 어이, 이 집 개 어떻게 됐어? 그 똥개?"

서류를 전달하러 들어온 젊은 경찰이 대답한다.

"주인 없는 똥개라고 동네 사람들이 잡아먹자고 한 모양인데, 이장이 사람 먹은 개를 먹으면 자기들이 뭐가 되냐며 말려서 그냥 풀어줬답니다. 거둘 사람도 없으니 들개 되겠죠."

*

TV에서 은희에 대해서 말하는 것을 들었다.

"평소 헌신적으로 치매 노인들을 돌보아왔던 김은희씨의 죽음에
동료들은 슬픔을 감추지 못하고 있습니다."

은희와 나누었던 그 많은 대화들은 다 뭐란 말인가. 모두 내
머릿속에서 지어낸 것들이란 말인가. 그럴 수는 없다. 어떻게
상상이 지금 겪는 현실보다 더 생생할 수 있단 말인가.

*

"유골들은 많이 찾았소?"

형사는 고개를 끄덕인다.

"하나만 물읍시다. 오래전에 시내 문화센터에서 일하던 여자와 그 남편을 죽였소. 그들에게 아이가 있었는지 좀 알아봐주시오."

형사는 그러겠다고 했다. 그들은 더이상 나를 적대시하지 않는 것 같다. 때로는 나를 존중하는 것처럼 느껴지기도 한다. 심지어 그들은 나를 일종의 용기 있는 내부고발자처럼 생각하는 것 같기도 하다. 며칠 후 형사가 찾아와 말했다.

"세 살짜리 여자아이가 있었는데, 아버지와 같이 살해됐습니다. 둔기로."

형사는 서류를 뒤적이다 빙긋이 웃었다.

"재밌는 우연이네. 그때 죽은 아이 이름도 은희예요."

문득, 졌다는 생각이 든다. 그런데 무엇에 진 걸까. 그걸 모르겠다.
졌다는 느낌만 있다.

*

세월이 흐른다. 재판이 진행된다. 사람들이 몰려든다. 나는
여기저기로 옮겨진다. 또 사람들이 몰려든다. 사람들이 내
과거에 대해 묻기 시작했다. 그건 내가 비교적 잘 대답할 수
있는 것들이다. 나는 내가 저지른 일들에 대해 쉬지 않고 말했고
사람들은 받아적었다. 아버지를 죽인 일만 빼고 모든 것을 말했다.
사람들은 물었다. 그렇게 오래된 일들을 어떻게 그렇게 잘 기억하고
있느냐고, 그런데 왜 최근에 저지른 일은 기억하지 못하냐고, 그게
말이 되냐고, 예전 일은 공소시효가 지나서 자백하고, 최근에
저지른 일은 처벌받을까봐 털어놓지 않는 것 아니냐고.
사람들은 모른다. 바로 지금 내가 처벌받고 있다는 것을. 신은 이미
나에게 어떤 벌을 내릴지 결정을 내렸다는 것을. 나는 망각 속으로
걸어들어간다.

나도 죽으면 좀비가 될까. 아니, 이미 돼 있는 건가.

*

한 남자가 찾아와 만났다. 기자라고 했다. 그는 악을 이해하고
싶다고 했다. 그 진부함이 나를 웃겼다. 나는 그에게 물었다.

"악을 왜 이해하려 하시오?"

"알아야 피할 수 있을 테니까요."

나는 말했다.

"알 수 있다면 그것은 악이 아니오. 그냥 기도나 하시오. 악이
당신을 비켜갈 수 있도록."

실망한 기색이 역력한 그에게 덧붙였다.

"무서운 건 악이 아니오. 시간이지. 아무도 그걸 이길 수가 없거든."

*

감옥 같기도 하고 병원 같기도 한 곳에서 머문다. 이제 둘이 잘
구별되지 않는다. 둘 사이를 오가는 것 같기도 하다. 하루이틀이
지난 것 같기도 하고 영원이 지난 것 같기도 하다. 시간을 가늠할
수가 없다. 오전인지 오후인지도 모르겠다. 이 생인지 저 생인지도
분명치 않다. 낯선 사람들이 찾아와 자꾸만 내게 여러 이름을 댄다.
이제 그 이름들은 내게 어떤 심상도 불러일으키지 못한다. 사물의
이름과 감정을 잇는 그 무언가가 파괴되었다. 나는 거대한 우주의
한 점에 고립되었다. 그리고 여기서 영원히 벗어나지 못할 것이다.

*

며칠 동안 머릿속에서 맴도는 시구 하나. 강변의 하루살이 떼처럼
집요하게 들러붙어 떨쳐낼 수 없다. 일본의 어느 사형수가 지었다는
하이쿠 한 수.

나머지
노래는
내세에서 들으리,
어이.

*

처음 보는 남자가 내 앞에 앉아 말한다. 험상궂은 얼굴을 하고 있어 나는 그가 조금 무섭다. 그는 나를 추궁한다.

"괜히 치매에 걸린 척하는 것 아닙니까? 처벌을 피하려고."

"나는 치매에 걸리지 않았소. 좀 깜빡깜빡할 뿐이지."

나는 대답했다.

"처음에는 치매라고 주장했었잖아요?"

"내가요? 나는 그런 기억이 없소. 나는 치매에 걸리지 않았소. 좀 피곤할 뿐이오. 아니, 좀이 아니라 정말로 피곤합니다."

그는 고개를 절레절레 흔들며 종이에 뭔가를 끄적인다.

"김은희씨는 왜 죽였습니까? 동기가 뭡니까?"

"내가요? 언제요? 누굴요?"

그는 내가 이해할 수 없는 얘기를 끝없이 계속했고 나는 점점 더 몸을 가눌 수 없을 정도로 피곤해졌다. 나는 그에게 고개를 숙였다. 그리고 빌었다. 내가 뭔가 잘못한 게 있다면 제발 용서해달라고.

*

눈을 뜨기가 어렵다. 지금이 몇시인지, 아침인지 저녁인지도 도통
가늠할 수가 없다.

*

사람들이 하는 말을 거의 알아들을 수가 없다.

*

무심코 외우던 반야심경의 구절이 이제 와닿는다. 침대 위에서 내내 읊조린다.

"그러므로 공空 가운데에는 물질도 없고 느낌과 생각과 의지작용과 의식도 없으며, 눈과 귀와 코와 혀와 몸과 뜻도 없으며, 형체와 소리, 냄새와 맛과 감촉과 의식의 대상도 없으며, 눈의 경계도 없고 의식의 경계까지도 없으며, 무명도 없고 또한 무명이 다함도 없으며, 늙고 죽음이 없고 또한 늙고 죽음이 다함까지도 없으며, 괴로움과 괴로움의 원인과 괴로움의 없어짐과 괴로움을 없애는 길도 없으며, 지혜도 없고 얻음도 없느니라."

*

미지근한 물속을 둥둥 부유하고 있다. 고요하고 안온하다. 내가
누구인지, 여기가 어디인지. 공室 속으로 미풍이 불어온다. 나는
거기에서 한없이 헤엄을 친다. 아무리 헤엄을 쳐도 이곳을 벗어날
수가 없다. 소리도 진동도 없는 이 세계가 점점 작아진다. 한없이
작아진다. 그리하여 하나의 점이 된다. 우주의 먼지가 된다. 아니,
그것조차 사라진다.

수치심과 죄책감 사이
혹은 우리 시대의 윤리

류보선(문학평론가)

1

김영하의 『살인자의 기억법』은 특이한 소설이다. 독자들이 최소한 두 번 읽게 만드는 소설이다. 읽기를 마치는 순간 우리는 너무도 자연스럽게 소설의 앞으로 다시 돌아간다. 그리고 전혀 새로운 방식으로 소설에 몰두해 있는 자신을 발견하게 된다. 만약 각자가 가지고 있는 독서에 관한 어떤 벽 때문에 이 소설을 한 번 읽고 만 독자가 있다면, 그 독자는 이 소설에 깃든 사건성 중 아주 작은 부분(그것만 맛보아도 충분히 사건적이긴 하지만)만을 경험하는 안타까운 경우에 해당한다. 비유하자면 『살인자의 기억법』은 도돌이표가 붙어 있는 노래다. 도돌이표가 붙어 있는 노래는 반복하라면 반복해야 하며 그 반복을 통해서만 그 노래의 참의미와 참맛을 알 수 있는 것처럼, 이 책도 소설이 끝나는 순간 처음으로 되돌아가 다시 읽어가며 그 반복 속에서 감지되는 진리내용을 읽어내지 않으면 안 되는 소설이다. 그래야만 저 안쪽에서 진리를 향한 도약을 위해 웅크리고 있는 이 소설의 참주제를 만날 수 있다.

2

『살인자의 기억법』의 마지막 장을 덮는 순간 또다시 처음으로 돌아가게 되는 까닭은, 그리고 반드시 돌아가야 하는 이유는 이 소설의 화자와 관련이 깊다. 사건은 전형적인 '믿을 수 없는 화자'의 입을 통해 서술된다. 그런데 이 화자는 믿기 힘들 정도가 아니라 전혀 믿을 수 없는 화자라는 점이 특징이다. 두 가지 점에서 그렇다. 첫번째 이유는 이 소설의 화자인 '나'가 연쇄살인범이고 연쇄살인범임에도 불구하고 전혀 죄의식이나 죄책감을 갖고 있지 않기 때문이다. '나'는 자기의 삶을 세 시기로 간단하게 구분한다. "내 인생은 셋으로 나눌 수 있을 것 같다. 아버지를 죽이기 전까지의 유년. 살인자로 살아온 청년기와 장년기. 살인 없이 살아온 평온한 삶." 그리고 또 말한다. "내가 가장 행복했던 때는 날마다 살인을 생각하고 그것을 도모하던 때 아니었을까. 그때 나는 바짝 조인 현처럼 팽팽했다." 이처럼 '나'는 반성하지 않는 연쇄살인마이고 오히려 현실원칙에 충실하게 사는 사람들을 지루하고 비루한 삶으로 바라본다. 뿐만 아니라 경우에 따라서는 자기 스스로를 초인으로 미화하기도 한다. 그런 까닭에 작중화자를 통해 전달되는 모든 정보, 모든 사건은 전도된 그것으로 전달되며 따라서 소설 속의 모든 담화는 아이러니적이다. 즉 '나'가 말하는 진리는 진리가 아니며, 또한 그가 말하는 선은 우리가 좇을 수 있는 선이 아니다. 그런데다가 이 악마적 존재는 소설이 끝날 때까지 그 어떤 참회도 하지 않는다. 아니, 어떤 면에서는 처음 등장할 때보다 더욱 악마적인 존재로 전이한다. 이러한 전이는 소설의 제일 말미에 이루어지는 것으로 설정되어 있다. 처음부터 너무도 노골적인 '믿을 수 없는 화자'로 등장하기에 어느 순간 '믿을 만한 화자'로 전이될 것임을 예측하고 기대하며 '나'의 말을 맥락화했을 독자들은 소설이 끝나는 순간 소설의 처음으로 돌아가 다시 읽어내려갈 수밖에 없게 된다.

그러나 우리가 '나'를 믿을 수 없는 이유는, 그러니까 읽기를 마치는 순간 처음으로 돌아가서 다시 읽어야 하는 이유는 그가 전혀 반성하지 않는 연쇄살인범일 뿐만 아니라 환상 속에 살고 있는 연쇄살인범이기 때문이다. 『살인자의 기억법』은 '거대한 반전'으로 끝난다. 이 소설의 해설을 쓴 바 있는 문학평론가 권희철은 이를 두고 '남성적인 문체의 속도에 대한 완벽한 배반'이라고 이름붙인 적이 있거니와, 이 '거대한 반전' 혹은 '완벽한 배반'으로 우리는 『살인자의 기억법』의 화자를 전혀 믿을 수 없게 된다. 작중화자가 독자들에게 들려주는 이야기는 이렇다. 여기, 아버지를 죽이고 그때부터 연쇄살인범이 된 수의사 '나'가 있다. 열여섯에 아비를 죽인 이후 그는 스스로 "그땐 정말 열심히 살았다" 자평할 정도로 "삼십 년 동안 꾸준히 사람을 죽"인다. 그리고 마흔다섯이 되던 해 자신이 다니던 문화센터에서 사무를 보던 은희 엄마를 대상으로 마지막 살인을 한다. "나 약해지고 싶지도, 내 안에 들끓는 충동을 억누르고 싶지도 않"아서 고, "그래서 나는 아직도 내가 알던 나인지를 알아보고 싶어졌다. 눈 을 뜨니 바로 눈앞에 은희 엄마가 있"어서다. 그런데 그렇게 은희 엄 마를 죽이고 돌아오던 중 교통사고가 난다. "그녀를 땅에 묻고 돌아 오던 길에 차가 나무를 들이박고 전복"되고 그는 "두 번의 뇌수술을 받"는다. 그런데 이후 갑자기 "돌연한 정적과 평온"이 찾아오면서 '살인의 유전자'를 상실하고, "제발 우리 딸만은 살려주세요"라는 은희 엄마의 마지막 간청을 받아들여 어린 은희를 입양해 키우며 살 고 있다. 그러던 중 예기치 않은 두 가지 사건이 발생한다. 하나는 알 츠하이머. '나'는 은희를 나름 잘 돌보며 살던 중 알츠하이머로 과거 의 기억과 미래 기억을 상실한다. 바로 그때 또 하나의 중요한 사건 이 발생하는데, 자신이 살고 있는 지역에 또다른 연쇄살인범이 출현 했음을 전해듣는다. '나'는 그 연쇄살인범이 우연히 사고로 만난 박 주태임을 본능적으로 감지하게 되고, 게다가 박주태가 자신의 딸 은 희를 노리고 접근하고 있음을 확신한다. '나'는 사랑하는 딸 은희를 지키기 위해 마지막 살인 혹은 최초의 '사냥'을 준비한다. 하지만 그 의 생애 마지막 모험은 실패로 끝난다. 알츠하이머 때문에 거듭 박 주태에 대한 사냥에 실패하는 사이 은희가 며칠째 집에 돌아오지 않 고 '나'는 은희가 연쇄살인범인 박주태에 의해 살해되었음을 직감한 다. 결국 하는 수 없이 익명으로 박주태를 경찰에 신고한다.

그런데 이 순간 거대한 반전이 일어난다. 박주태는 사실은 '나'를 추적하던 형사이고 자신이 키웠다고 생각한 딸 은희는 '나'를 돌보던 요양보호사임이 밝혀진다. 게다가 '나'가 데려다 키웠다고 믿고 있었던 은희 역시 그녀의 부모를 죽일 때 같이 죽였으며, 더 나아가 연쇄살인범 박주태로부터 그토록 지키고자 했던 요양보호사 김은희마저도 자신이 죽였음이 드러난다. 물론 '나'는 끝내 두 은희의 살인을 인정하지 않는다. 아니, 인정하지 못한다. 기억 속에 은희(들)의 살인은 존재하지 않는 까닭이다. 하지만 이러한 부인에도 불구하고 모든 객관적인 정황은 은희(들)마저 죽인 자가 '나'임을 명백하게 지목한다. 그렇지만 끝끝내 '나'는 은희(들)의 살인을 그 내면에서도 인정하지 않는다. 결국 소설의 맨 마지막에 가서야 그때까지 독자들을 이끌던 '나'의 진술은 객관적인 사실의 고백이 아니라 견고하게 지켜온 상상체계의 그것임이 명확해진다. 다시 말해 작품이 끝나는 순간에야 '나'가 '믿을 수 없는 화자'임이 명백해지며, 『살인자의 기억법』은 그야말로 거대한 반전으로 끝난다.

3

정말 '거대한 반전' 혹은 '완벽한 배반'이라고 할 수밖에 없다. 작품이 끝날 때까지 작중화자의 입을 빌려 제시된 전체적인 상황이 있는 그대로의 현실이 아니라 '나'의 상상계 속에서 이루어진 일들이라는 점이 마지막에 가서야 최종적으로 밝혀지는 셈이다. 우리가 다 읽는 순간 처음으로 돌아가야 하는 또하나의 이유는 바로 이것이다.

돌아가서 어디까지가 '나'의 상상이고 어떤 것이 실제 있었던 일인지를 다시 준별해야 한다. 그러니 한 번 읽고 처음으로 다시 돌아가 또 한 번 읽는 과정까지를 마칠 때라야 진정한 읽기는 끝난다고 할 수 있다.

이처럼 『살인자의 기억법』은 두 번 (이상) 읽을 때 진정한 독서가 완료되는 특이한 소설이다. 처음 읽을 때는 자신을 죄인이 아닌 초인으로 위장하기 위한 알츠하이머에 걸린 연쇄살인범의 사드적 고백으로 다가온다. 하지만 처음으로 되돌아와 다시 읽을 땐 그것과 다른 소설이 된다. 말할 것도 없이 바로 이것이 이 소설 안에 웅크리고 있는 진리내용임은 물론이다. '거대한 반전' 혹은 '완벽한 배반'을 알고 다시 읽을 때 비로소 선명하게 그 모습을 드러내는 진리내용을 명확하게 하기 위해서는 중간중간 약간씩 변주되는 다음과 같은 이정표를 활용하는 것이 유용하다. "수치심과 죄책감: 수치는 스스로에게 부끄러운 것이다. 죄책감은 기준이 타인에게, 자기 바깥에 있다. 남부끄럽다는 것. 죄책감은 있으나 수치는 없는 사람들이 있을 것이다. 그들은 타인의 처벌을 두려워하는 것이다. 나는 수치는 느끼지만 죄책감은 없다. 타인의 시선이나 단죄는 원래부터 두렵지 않다"는 구절. 처음 읽을 때 수치는 있지만 죄책감은 없는, 그러니까 타인의 시선을 전혀 두려워하지 않는 초인적 악마의 후일담이자 악마적 농담으로 읽힌다. 하지만 거대한 반전을 확인하고 나서 다시 읽고 나면 죄책감을 견딜 수 없어 그것을 수치심으로 전도시켜 가까스로 살아간 한 인물의 비극적인 이야기가 된다.

여기, 원초적인 아비가 있다. 그 아비는 원초적 아비답게 광기의 전쟁의 잔여물 때문에, 아니면 눌러도 눌러도 되튀어 나오는 충동에 휘둘려, 그것도 아니면 그 둘 때문에 아내와 자식들을 집요하게 학대한다. 집요한 폭력으로 가족들의 자유를 억압하는 것은 물론 생사여탈권까지 쥐락펴락한다고나 할까. 아들은 이 아비를 견디지 못하고, 어머니와 누이와 힘을 합쳐 아비를 살해한다. 세상의 시선으로 보자면 패륜의 죄를 저지른 셈이다. 어머니와 누이를 살리기 위해서, 그리고 내가 살기 위해서 감행한 행동이지만 그로 인한 죄의식 혹은 죄책감을 감당하기 힘들 정도이다. 이 죄의식 혹은 죄책감은 너무나 무시무시하고 원장면적이어서 이를 가슴에 안고 세상을 살아가는 것은 거의 불가능에 가깝다. 그래서 '나'는 세상의 법을 거부하고 자신만의 법을 만든다. 그리고 아버지를 죽였다는 죄책감을 저 밑에 묻어두고, 오로지 수치를 느끼며 살아서는 안 된다고 주문을 외운다. 타인의 시선을 의식한 죄책감 때문에 자신의 의지를 꺾는 것은 약한 인간의 감정이고, 타인의 시선이나 세상의 법의 단죄에 관계없이 자신의 강력한 의지로 자신이 하고 싶은 모든 것을 끝까지 완수해내는 존재, 그리고 그것을 행하지 못했을 경우 수치를 느끼는, 그래서 더욱 강한 존재가 되기를 항상 열망하는 존재만이 참인간이고 강한 인간이며 초인이라고, 그런 초인이 되어야 한다고 주문을 건다. 그리고 '나'를 고통스럽게 하고 분노하게 하는 것이 있으면 그 분노를 해결한다. 분노를 일으킨 대상을 죽이는 것으로. 그렇게 '나'는 삼십 년 동안 "이 세상과 혼자만의 전쟁을 벌"인다. "죽이고, 달아나서, 숨었다. 다시 죽이고, 달아나서, 숨"으며. 그러면서 아버지를 죽인 행위에 대해 자기합리화를 완성한다. "죽이는 게 최선이었다. 다만 후회가 되는 것은, 혼자 할 수도 있었던 일에 어머니와 여동생을 연루시켰던 것뿐이다"라고 말이다.

그런데 죄책감은 느끼지 말고 수치스러운 삶을 수치스러워하는 초인적 삶을 살자던 '나'에게 위기가 온다. 그가 나가던 문화센터의 사무원인 은희 아빠와 엄마를 죽이는 과정에서 그들의 딸인 어린 은희도 죽인 것. "제발 우리 딸만은 살려주세요"라고 절규하던 은희 엄마와의 약속을 저버리고 벌인 세 살배기 은희에 대한 살인은 저 밑에 묻어두었던 죄책감을 불러내는 계기가 된다. 은희 엄마를 땅에 묻고 돌아오던 때마침 교통사고가 나고, '나'는 두 차례의 뇌수술 후에 살인 충동이 사라진다. 아니, 교통사고 후의 뇌수술이 살인 충동을 지운 것이 아니라 의도한 것이든 실수든 어린 은희를 죽인 것에 대한 죄의식이 교통사고로 이어졌고 살인 충동이 사라진 것도 이 죄책감 때문이라고 해야 하리라. 하여간 이 죄책감에 압도된 '나'는 더 이상 '나'에게 수치심을 안겨주는 존재들을 처리할 수 없게 된다. '나'는 살인을 끊고(?) 겉으로는 "살인 없이 살아온 평온한 삶"을 이어가려 노력하며 그렇게 살아왔다고 믿고자 한다. 그러던 중 억압된 것이 귀환하는 일이 발생한다. '나' 앞에 은희라는 이름을 가진 요양보호사가 나타난 것. 또다른 은희가 도래하는 순간, '나'는 가까스로 억눌렀던 과거의 모든 것들이 쏟아져 들어오는 혼란에 빠졌을 것이며, '나'는 어떻게든 이 절망적인 아노미에서 벗어나기 위해 또다른 환상체계를 발명해냈을 것이다. 그래야 '나'를 유지할 수 있을 것이므로. 그런 과정을 통해 만들어낸 망상적 서사 혹은 서사적 망상은 앞서 살펴본 그것이다. '나'는 딸만은 살려달라는 은희 엄마의 약속을 지키며 살았고 자신이 어린 은희를 입양해 맡아 키웠다는 환상체계를 발명해낸다. 한데 엎친 데 덮친 격으로 악몽처럼 또다른 사건들이 밀어닥친다. 알츠하이머의 발병과 연쇄살인의 발생. 이러한 새로운 계기들은 '나'를 더 극심한 혼란에 빠뜨리지만 그에 비례해 '나'도 어느 순간까지는 이 모두를 포섭한 환상체계를 고안하고자 혼신의 힘을 다한다. 그리고 그 노력 끝에 나름의 환상체계를 만들어낸다. ""제발 우리 딸만은 살려주세요." 은희 엄마는 울면서 사정했었다. "알았어. 그건 걱정하지 마." 지금까지는 약속을 지켰다. 나는 빈말을 일삼는 놈들을 싫어했다. 그래서 그런 사람이 되지 않으려 노력해왔다. 지금부터가 문제다. 잊지 않기 위해 여기 다시 쓴다. 은희가 죽도록 내버려두어서는 안 된다."

하지만 그가 초자아와 이드 사이에서 아슬아슬하게나마 균형을 잡을 수 있었던 순간은 오래가지 않는다. "늙은 연쇄살인범에게 인생이 보내는 짓궂은 농담"인 알츠하이머가 악화되면서 '내'가 혼신의 힘을 다해 고안한 환상체계는 서서히 균열되기 시작한다. 그리고 어렵게 억눌렀던 살인 충동은 의지를 압도하며 자기 스스로 활동을 시작한다. 결국 '나'는 환상체계는 환상체계대로 살인 충동은 살인 충동대로 따로 작동하는 정신의 무정부 상태에 빠져들거니와, 이 무정부 상태에서 귀환한 은희를 죽이게 된다. '나'의 환상체계에 따

르면 은희 엄마의 애원에 따라 살려주었던 은희를 뒤늦게 죽이는 셈
이며, 실제로는 어린 은희에 이어 또다른 은희마저, 그러니까 두 명
의 은희를 살해한 것이 된다. 이렇게 본다면『살인자의 기억법』은 아
버지의 야만적인 폭력에 과잉의 폭력으로 대응, 끝내 아버지를 죽인
'나'가 그 죄책감으로부터 벗어나기 위해 갖은 노력을 다했으나 결
국은 그 죄책감에 좌초해가는 과정을 그리고 있는 소설이라 할 수
있다.

4

『살인자의 기억법』은 소설의 맨 마지막에서야 그 실체를 드러내
는 거대한 반전 때문에, 그리고 그 반전으로 '나'가 결코 믿을 수 없
는 화자라는 것이 드러나면서, '나'가 쏟아놓는 수많은 말들의 진위
를 따져가며 여러 번 읽어야 하는 소설이 된다. 아니, 그 정도에서 그
치는 것이 아니라 읽을 때마다 다르게 읽히는 기묘한 소설, 겹겹의
다층적인 소설이 된다. 어쨌거나 수치스럽게 살지 않으려는 한 초인
적 악마의 모험과 좌절의 드라마이기도 하고 죄책감에 사로잡혀 끝
내 상상의 세계 속에 자기를 맡겨 버린 연약한 한 인간의 자기파멸
의 드라마이기도 하다.

이 연쇄살인범의 실존형식에서 우리 시대의 윤리를 읽어보자고
하면 적절하지 않다고 말할 이가 있을지도 모르겠다. 하지만 이런
극단적인 존재를 통해 우리의 실존형식을 되짚어보자고 한 것이『살

인자의 기억법』의 궁극적인 관심사라면, 그리고 수치를 모르고 살았던 상상 속의 '나'와 죄의식의 늪에서 벗어날 수 없었던 실제의 '나' 사이의 낙차 혹은 시차적 관점을 통해 우리 시대의 윤리를 제시하고자 한 것이 『살인자의 기억법』이라고 한다면, 이 소설이 말하고자 하는 것은 이런 것일 수 있다. 타자의 시선에 얽매여 나를 잃지 말고 나를 잃지 않기 위해 혼자만의 준거점에 갇히지 말라는 것. 다시 말해 수치심과 죄책감 사이에서 살거나 아니면 정말 수치스럽게 살지 않으려면 어느 누구도 죄 없이 살 수 없는 것이니 죄진 만큼의 죄책감을 가지고 살라는 것. 그럴 때만이 우리는 죄의식에 붙잡혀 순종하는 신체로 추락하거나 아니면 초인이 되기 위해 죄의식을 부정하고 죄의식을 부정함으로써 더 큰 죄를 짓는 괴물로 전락하지 않을 수 있다는 것. 이것이 『살인자의 기억법』이 우리에게 전달하고자 하는 참주제임은 물론이며, 바로 이것 때문에 우리는 『살인자의 기억법』을 '기법의 승리'만이 돋보이는 소설이 아니라 우리 시대의 진정한 주체적 결단의 길을 제시한 소설이라 부를 수 있는 것이리라.

---

* 이 글은 리뷰로 쓰인 글 「수치심과 죄책감 사이 혹은 우리 시대의 윤리─김영하의 『살인자의 기억법』에 대하여」, 『문학동네』, 2013년 겨울호'를 수정, 보완한 것이다.

이 소설은 내 소설이다

소설을 쓰는 것이 한 세계를 창조하는 것이라 믿었던 때가 있었다. 어린아이가 레고를 가지고 놀듯이 한 세계를 내 맘대로 만들었다가 다시 부수는, 그런 재미난 놀이인 줄 알았던 것이다. 그런데 아니었다. 소설을 쓴다는 것은 마르코 폴로처럼 아무도 경험하지 못한 세계를 여행하는 것에 가깝다. 우선은 그들이 '문을 열어주어야' 한다. 처음 방문하는 그 낯선 세계에서 나는 허용된 시간만큼만 머물 수 있다. 그들이 '때가 되었다'고 말하면 나는 떠나야 한다. 더 머물고 싶어도 그럴 수가 없다. 또다시 낯선 인물들로 가득한 세계를 찾아 방랑을 시작해야 하는 것이다. 이렇게 이해하자 마음이 참 편해졌다.

소설가라는 존재는 의외로 자율성이 적다. 첫 문장을 쓰면 그 문장에 지배되고, 한 인물이 등장하면 그 인물을 따라야 한다. 소설의 끝에 도달하면 작가의 자율성은 0에 수렴한다. 마지막 문장은 앞에 써놓은 그 어떤 문장에도 위배되지 않을 문장이어야 한다. 무슨 창조주가 이래? 이럴 리는 없다.

이번 소설은 유난히 진도가 잘 나가지 않아 애를 먹었다. 하루에 한두 문장씩밖에는 쓰지 못한 날이 많았다. 처음에는 꽤나 답답했는데 생각해보니 그게 바로 주인공의 페이스였다. 기억을 잃어가는 노인 아닌가. 그래서 마음을 편히 먹고 천천히 받아적기로 했다. 그렇게 한 문장 한 문장 써나가던 어느 날, 문득 이런 생각이 들었다.

이것은 내 소설이다. 내가 써야 한다. 나밖에 쓸 수 없다.

여행자의 비유로 다시 돌아가자면, 오직 나만이 그 세계에 방문했다는, 오직 나만이 그 세계에 받아들여졌다는 확신이 들었던 것이다. 이것이 없었다면 아마 이 소설은 끝내지 못했을 것이다.

변변한 벌이도 없이 습작을 하던 시절, 나는 부모에게 얹혀살았다. 오밤중에야 잠들고 해가 중천에 떠올라야 일어나는 게으른 아들과 달리 아버지는 새벽부터 일어나 집 안팎을 돌보셨다. 항상 어지러운 내 책상이 보기 싫었을 텐데 용케 잘 참으셨다. 하루는 내가 "누가 아침마다 내 책상만 치워줘도 꽤 괜찮은 작가가 될 텐데"라고 투덜거렸다. 그날부터 아버지는 이층 내 방에 올라와 책상을 말끔히 치운 후, 꽁초가 수북이 쌓인 재떨이를 비우고 물로 말끔히 씻어 다시 갖다놓으셨다.

　고마운 이들이 많지만, 이 소설은 작가 지망생 아들의 재떨이를 매일 비워주신 아버지에게 바치고 싶다. 내가 해외에 머무는 동안 큰 병을 앓으신 후 아직도 투병중이시다. 건강히 오래 사셔서 언젠가 아들이 '꽤 괜찮은 작가'가 되는 날을 보셨으면 좋겠다.

2013년 7월

김영하

무심한 듯 툭툭 던지지만 간결하면서도 치밀하게 직조된 김영하표 문장들은 거칠 것 없이 내달리며 독자들을 '나'의 세계로 데려간다. 불쑥불쑥 등장하는 니체, 몽테뉴의 잠언들과 돌발적이면서도 서늘한 위트 등으로 삶과 죽음, 시간과 악에 대한 통찰을 힘들이지 않고 풀어놓는다. 서울신문

독특한 소재와 실험적인 형식, 날렵한 문장은 '김영하표' 그대로였다. 그렇게 김영하가 돌아왔다. 매일경제

시인인 살인자, 철학책을 읽는 연쇄살인자의 내면을 깊이 들여다볼수록 서스펜스가 짙어진다. 책을 덮고 한동안 마지막 순간의 독백이 머릿속에 울린다. 씨네21

서서히 커져가는 불안감과 카프카적 유머가 녹아들어 있는, 놀라울 정도로 정교한 소설. 한국에서 가장 다재다능한 작가의 하드하고 쿨하며 무심한 듯 코믹한 목소리는 이 강박적 집착에 대한 이야기에 울림을 더한다. 커커스리뷰Kirkus Reviews

혹 들어와 급소를 치는 느낌. 김영하는 현실을 비틀어 보여주고 의미를 상실

한 현실이 어떠한 모습인지 이야기하는 데 대단히 뛰어나다.
뉴욕저널오브북스New York Journal of Books

마음을 사로잡는 불온하고 매력적인 이야기. 김영하의 재능을 보여주는 탁
월한 쇼케이스. 퍼블리셔스위클리Publishers Weekly

톡 쏘는 서사에 강력하게 끌어당기는 보이스. 기발하고 예리하다.
라이브러리저널Library Journal

『살인자의 기억법』은 잔잔한 픽션계에 신선한 바람을 몰고 온 강력한 작품이
다. 훌륭한 캐릭터와 심리학적 통찰, 기가 막힌 스토리텔링을 모두 갖춘 독
창적인 작품의 완벽한 예시이며 또한 근사한 사회 비평이기도 하다. 이 소설
은 관습에 대한 코미디이자 치매, 살인, 사회에 대한 어두운 사색이다. 이야
기의 파편적 구조 역시 이러한 주제를 멋지게 드러낸다. 묵직한 주제를 다루
고 있지만 위험할 정도로 재미있는 소설. NB매거진NB Magazine

자신의 기억을 믿을 수 없게 된 늙고 숙련된 살인자. 이것은 범죄물의 반영
웅이 맞닥뜨리곤 하는 정신적 진퇴양난을 독특하게 뒤집은 기발한 전제다.
기억의 안과 밖을 넘나드는 화자를 따라가다보면, 마치 로르샤흐 테스트에
서처럼 진실에 대한 해석이 다양해지는데 그것은 독자들이 어디까지 화자를
믿고 있는가를 시험하는 것이기도 하다. 그러나 작가는, 독자들이 애초에 화
자를 왜 그토록 믿으려고 했는지를 너무도 매혹적으로 묻고 있다.
앨래나 모하메드Alana Mohamed, 애틀란틱The Atlantic

타자에게서 인간성을, 비극 속에서 코미디를, 정상성 안에 숨어 있는 뒤틀림

을 포착하는 데 탁월한 작가. 크라임리즈CrimeReads

때로 시처럼 읽히고, 가슴 아픈 꿈을 꾸는 것 같다. 수많은 감정과 얼얼한 흥분으로 가득한 책. 니콜 리치Nicole Richie, 보그Vogue USA

전기 충격을 가하는 듯한 강렬하고 절묘한 이야기. 왜 김영하가 한국에서 많은 문학상을 수상했고 그 세대 최고의 작가로 호평받고 있는지 쉽게 이해할 수 있다. 읽어보면 알 것이다. 나일론NYLON USA

말할 필요도 없다. 나는 이미 매혹당했다. 허핑턴포스트Huffington Post USA

아주 재미있고 열광적인 독서. 코스모폴리탄Cosmopolitan UK

폭발적인 이야기. 페이퍼백파리Paperback Paris

기록과 이야기, 기억의 편린들, 그리고 그 사이로 불쑥불쑥 튀어나오는 니체 혹은 시간과 파멸, 살인, 치매, 오이디푸스 신화를 놀랍도록 현대적으로 버무려놓았다. 프랑크푸르트 알게마이네 자이퉁Frankfurter Allgemeine Zeitung

김영하는 알츠하이머 살인자의 시점으로 쓰인 대담한 소설에서 거짓과 진실, 환상과 기억을 이야기한다. 멋들어지게 구성한 심리스릴러. 웃기면서 비극적이고 슬프면서 불편하다. 슈튜트가르트 자이퉁Stuttgarter Zeitung

대가적 솜씨로 빚어낸 문장들이 병리학적 연구와 범죄소설, 풍자, 현대소설과 사회학적 탐구 사이로 춤춘다. 노이에 취리히 자이퉁Neue Zürcher Zeitung

살인자의 기억법

ⓒ김영하 2020

1판 1쇄 2020년 8월 28일
1판 16쇄 2025년 1월 31일

지은이 김영하

펴낸곳 복복서가(주)
출판등록 2019년 11월 12일 제2019-000101호
주소 03720 서울특별시 서대문구 연희로28길 3
홈페이지 www.bokbokseoga.co.kr
전자우편 edit@bokbokseoga.com
마케팅 문의 031) 955-2689

ISBN 979-11-970216-8-8 03810

구판 정보
문학동네(2013년)